JN304518

文庫

ガリレオの生涯

ブレヒト

谷川道子訳

kobunsha
classics

光文社

Title : LEBEN DES GALILEI
1957
Author : Bertolt Brecht

目次

ガリレオの生涯

協力者：マルガレーテ・シュテフィン
作曲：ハンス・アイスラー

登場人物[1]

ガリレオ・ガリレイ
アンドレア・サルティ
サルティのおかみ　ガリレオの家政婦でアンドレアの母親
ルドヴィーコ・マルシーリ　裕福な家柄の青年
プリウリ　ヴェネツィア共和国・パドヴァ大学の事務局長
サグレド　ガリレオの友人で科学者
ヴィルジーニア　ガリレオの娘
フェデルツォーニ　レンズ研磨工でガリレオの仕事仲間
ヴェネツィア共和国の総督
ヴェネツィア共和国の元老院評議員たち
コジモ・デ・メディチ　フィレンツェ(トスカーナ)大公
フィレンツェの侍従長
フィレンツェの神学者

フィレンツェの哲学者
フィレンツェの数学者
フィレンツェの年配の宮廷侍女
フィレンツェの若い宮廷侍女
フィレンツェ大公の従僕
フィレンツェの二人の修道尼
フィレンツェの町の女
フィレンツェの二人の兵士
フィレンツェの町の老婆
ローマ学院[2]の太った高僧
ローマ学院の二人の学者
ローマ学院の二人の天文学者
ローマ学院の僧侶たち
ローマ学院のガリガリに痩せた僧侶
ローマのヨレヨレに年取った枢機卿[3]

クリストファー・クラヴィウス神父　天文学者
平修道士　フルガンツィオ
異端審問所長官の枢機卿
バルベリーニ枢機卿　後の教皇ウルバヌス八世
ベラルミーノ枢機卿
二人の僧侶の書記
二人の若い貴婦人
フィリッポ・ムツィオ　学者
ガッフォーネ　ピサ大学の学長

1　日本で読まれ上演されるものとして、役の人名は、ドイツ語読みではなく、イタリア語や英語での名前をもとに、日本で通りやすい名前に統一した。
2　ローマ学院（コレッジョ・ロマーノ）はヴァチカンのローマ教皇庁の学問研究所で、当時はイエズス会の根拠地でもあった。
3　枢機卿とは、ローマ教皇庁の最高顧問で、枢機卿団を構成し、教皇選挙や教会行政の補佐などに任ぜられる。大部分は司教から選出される。

大道演歌師
その女房
ヴァンニ　鋳物工場主
役人
高位の役人
怪しい男
僧侶
農夫
国境警備員
書記
子供たち
男たち
女たち

第1景

ヴェネツィア共和国、パドヴァ大学の数学教師ガリレオ・ガリレイ[4]は、コペルニクスの新しい宇宙体系の学説を証明しようとする。

ときは一六〇九年のこと、
パドヴァの小さな家から
知識の明るい光が輝きだした、
ガリレオ・ガリレイが計算したのだ、
太陽ではなく、地球が動いているのだ、と。

（パドヴァのガリレオ家の質素な書斎。朝。家政婦の息子のアンドレア少年が、牛乳の入ったコップと細長いパンを持って登場）

ガリレオ　（上半身を洗って、大きく息を吐き、快活な声で）牛乳は机の上にな。ただし本にはさわるなよ。

アンドレア　母さんが言ってましたよ！　牛乳屋さんにちゃんと支払いしないと、そのうち、うちの周りで輪を作られちゃうってね、ガリレオ先生！

ガリレオ　輪を作るじゃなくて、輪を描くだろ、アンドレア。

アンドレア　わかったよ、でも、ちゃんと払わないと、うちの周りで輪を描いて避《よ》けられちゃうって、ガリレオ先生。

ガリレオ　ところが、取り立て執達吏のカンビオーネ殿ときたら、まっすぐ我らの家にやってくるってわけだ。そのとき彼は二点間のいかなる距離を選ぶか？

アンドレア　（にやっと笑って）最短距離です。

ガリレオ　その通り。いいものを見せてあげよう。星座表の後ろを見てごらん。

（アンドレアは星座表の後ろから、プトレマイオスの宇宙体系の大きな木の模型を引っ張り出す）

アンドレア　何なの、これ？

ガリレオ　天球儀さ。昔の人が考えた、地球の周りを他の星がどう動いているかを示す道具だ。

アンドレア　どうやって動くの？

ガリレオ　確かめてみようか。まずは言葉で正確に記述してごらん。君の目には何が見えるかい？

アンドレア　真ん中に小さな石があります。

ガリレオ　それが地球だ。

アンドレア　その周りに、何層にも重なった殻《から》があります。

4　ガリレオ・ガリレイ（一五六四〜一六四二）は、トスカーナ大公国のピサで生まれ、ピサ大学で学び一五八九年から九二年までそこの数学教師となった後は、一五九二年から一六一〇年までパドヴァ大学の数学教授だった。

ガリレオ　いくつある？
アンドレア　八つ。
ガリレオ　それ全体が透明な天球というわけだ。
アンドレア　殻には球がくっつけてあって……。
ガリレオ　それが星だ。
アンドレア　それに字の書かれた短冊《たんざく》がついています。
ガリレオ　何が書いてある？
アンドレア　星の名前です。
ガリレオ　どんな？
アンドレア　一番下のには、月と書いてあって、その上のが太陽。
ガリレオ　じゃあ、太陽を廻《まわ》してごらん。
アンドレア　（殻を廻しながら）面白いや。でも、僕たちはこんな風に閉じ込められているんだね。
ガリレオ　（身体《からだ》を拭《ふ》きながら）こいつを初めて見たときは、私もそんな気がしたもんだよ。そう感じている人は他にも何人かはいる。（アンドレアにタオルを投げて、背中を拭かせる）壁や殻があって動けない、ってね。

二千年もの間、人間は、太陽や星は全部、地球の周りを廻っていると信じてきた。ローマ教皇も枢機卿《すうきけい》も、王様も学者先生も、船長さんも商人も、魚屋のおかみさんも、学校の子供たちも、みーんな、こんな天球の真ん中に自分が座っていると思ってきたんだ。

だけど今や我々はそこから抜け出して、大航海に出るんだよ、アンドレア。古い時代が終わって新しい時代が始まったのだ。この百年というもの[5]、人類は何かを期待しているみたいだ。

どの町も狭い、人間の思考も狭すぎる。迷信にペスト。だからこそ、変わらなくっちゃ、ってね。何もかもが動いているんだから。

きっかけは船だった、そう考えると、楽しいぞ。有史以来、船は岸辺に沿って走っているだけだった。

5　コロンブスの新大陸発見は一四九二年十月。ヴァスコ・ダ・ガマが喜望峰を廻ってインドに到着したのが一四九八年五月。いわゆる「地理上の発見」は百年前の一五〇〇年頃であった。

それが突然、岸を離れて七つの海に漕ぎ出したんだよ。

他にも新しい大陸があるという噂《うわさ》が、この大陸にも流れてきた。その新大陸に船が到着してから、今や恐怖だった大海原だって、小さな池にすぎなかったという話が広がっていく。そして、よろず因果関係をみきわめる楽しみが生まれてきた。なぜ石は手を離すと落ちるのか、上に放り投げたらどんな線を描くか。毎日新しいことが発見される。百歳のお年寄りでさえ、若者に耳元で怒鳴ってもらって、どんな新しい発見がなされたのかを知りたがっているんだ。

すでにたくさん新しい発見がなされたが、これから発見可能なものはもっともっとたくさんあるんだ。新しい世代の仕事は前途洋々だ！　若いころに私は、シエーナ港で、大きな御影石《みかげいし》を持ち上げようとする大工たちに出くわしたことがある。彼らは五分議論しただけで、何千年も続いてきた古いやり方をやめて、もっと実際的なロープの使い方を新しく考案したんだ。思えばそのときだったよ、古い時代が終わりを告げ、新しい時代がやってくる、と確信したのは。もうすぐ人類は、自分たちの住み処、我々が住んでいるこの天体についても、分かるようになる。古い本に書いてあることでは、もう間に合わなくなってきているんだよ。

何千年もの間「信仰」が鎮座していたところを、いまや「疑い」が占拠しているのさ。世界中が言っているんだ、本に書いてあることでも、自分の目で確かめようって、ね。絶対の権威と思われた真理が肩叩きにあい、一度も疑われなかったことが、疑われ始めている。

おかげで風通しが良くなった。王様や坊さんの金ぴかの衣《ころも》の裾《すそ》が風でめくれて、脂ぎった足やひからびた足、我々と同じような足が見えるようになったってわけさ。天が空っぽだってことも分かってきた。そしたら朗らかな笑いが巻き起こってきたんだよ。

しかも、地球の川の水が新式の糸巻き棒を動かし、造船所や、ロープや帆布《ほぬの》を作る工場では、五百人の人間が同時に新しいやり方で動いているんだからねえ。

予言してもいい、我々の生きているうちに、天文学は巷《ちまた》の話題になるだろう。魚屋の息子たちでさえ学校に行きたがるようになる。なぜって、新しい天文学でなら地球をも動かせるという話は、この町の新しいもの好きの人たちのお気に召すだろうからだよ。今までは、星はみんな落っこちないように、透明な天の殻に支えられていると言われてきた。それが今や我々は勇気を持って、星を、何の支えもなく、天空の大海原に漂わせることにしたんだ。支えもなく、大航海に乗り出した、かつての我らの船のようにね。かくして地球は嬉しそうに太陽の周りを廻り、魚屋のおかみさんも、商人も、王様も、枢機卿も、ローマ教皇でさえ、地球と一緒に廻っているというわけだ。

　宇宙は一夜にして中心を失い、朝になったら中心だらけ。つまり、いまじゃあ誰もが中心で、かつ誰も中心じゃあない。突然、たくさんの中心ができたんだからね。

　我らが船は遥かに航海に出て、我らが星は遥かな天空を動き廻っている。チェスの城《ルーク》の駒でさえ、最近じゃあ、いくつも枡目《ますめ》を飛び越していけるだろう？

　詩人は何と歌っているかい？「おお朝まだき、始まりの時よ[6]……」

アンドレア「おお朝まだき、始まりの時よ！　おお風の息吹よ！　新しき岸辺より吹く風よ！」
　だけど、牛乳はちゃんと飲んでよね、じきにまたお客さんが大勢やってくるんだから。

ガリレオ　ところで、昨日言っておいたことはちゃんと理解してきたかい？

アンドレア　なあに？　キッペルニクスの、地球が廻ってるってやつ？[7]

ガリレオ　そうだ。

アンドレア　わからないよ。どうしてわからせようとするの？　むずかしすぎるよ。だって、この十月で僕はやっと十一歳だよ。

ガリレオ　お前にもわかってもらいたいんだよ。みんなに分かってもらうために、私は研究をし、高い書物も買ってるんだからな。牛乳屋の払いを後回しにしてでも、ね。

アンドレア　だって僕はこの目で、夕方になると太陽は朝のぼったのとは反対側に沈

6　この言い回しをブレヒトは、一六二〇年に刊行されたフランシス・ベーコンの『新オルガノン』に引用されているルクレティウスの詩句からとっているようだ。このイギリスの哲学者ベーコン（一五六一〜一六二六）は、アリストテレスの『オルガノン』に代わる『新オルガノン』を著して、演繹《えんえき》法に対する帰納法を提唱し、つまりスコラ主義を打破して、客観的観察と実験的方法による学問を主張した。この語句はアンドレアが暗唱するほどガリレオのおはこだった、ということだろう。

7　地動説を最初に唱えたニコラウス・コペルニクス（一四七三〜一五四三）の言い間違いだが、当時は悪意をもってわざと間違った呼ばれ方をした。

むってことを見ているもの。だから太陽が止まっているはずがない！　絶対に！

ガリレオ　見ているだと？　一体、何を？　お前は何も見ちゃあいない、ぽかんと眺めているだけだ。眺めるのと見るのとは違うのだぞ。（洗面器を置く鉄の台を持ってきて部屋の真ん中に置く）これが太陽だよ。そこの椅子《いす》に座ってごらん。（アンドレアが椅子に座る。ガリレオは彼の後ろに立つ）太陽はどこにある、右か左か？

アンドレア　左です。

ガリレオ　どうすれば右にくる？

アンドレア　ガリレオ先生がそれを右に運んでくれれば、ですよ、もちろん。

ガリレオ　それだけかい？（彼はアンドレアを椅子ごと持ち上げて半回転させる）さあて、今度は太陽はどこにある？

アンドレア　右です。

ガリレオ　太陽は動いたかい？

アンドレア　動きません。

ガリレオ　何が動いた？

アンドレア　僕です。

ガリレオ　（どなる）違うだろ、馬鹿もん。椅子が、だ。
アンドレア　でも、僕も一緒に、です。
ガリレオ　もちろん。椅子は地球だ、その上にお前がいるのだ。
（その間にサルティのおかみがベッドを片づけるために入ってきて、しばらく様子を眺めている）
サルティのおかみ　うちの坊やに何をなさっておられるんですかね、ガリレオ先生？
ガリレオ　見るということを教えているんだよ、サルティのおかみさん。
サルティのおかみ　この子を、部屋中で引っ張り廻してですか？
アンドレア　やめてよ、母さん。母さんには分かりっこないんだから。
サルティのおかみ　それじゃあ、お前には分かるってのかい、え？　個人授業を受けたいという若い紳士がお見えですよ。立派な身なりのお方で、紹介状も持ってきてます。（それを渡す）ガリレオ先生の手にかかると、この子は二かける二は五だなんて言い出しかねませんからねえ。おっしゃることは何でも取り違えちゃって。夕べも、地球は太陽の周りを廻っている、なんぞと私に証明しようとするんですからね。キッペルニクスとかいう人がそれを計算してみせたって信じ込んでいるんですよ。

アンドレア　キッペルニクスは、それを計算したんですよね、ガリレオ先生？　母さんにそう言ってやってくださいよ！

サルティのおかみ　なんですって？　本当にそんな馬鹿なことをおっしゃったんですか？　この子が学校でそんなことを触れまわって、不信心だと神父さんたちが私のところに文句を言いに来たりでもしたら、どうするんですか？　恥でしょう、ガリレオ先生。

ガリレオ　（朝食をとりながら）アンドレアと私はね、サルティのおかみさん、我々の研究にもとづいて、激しい議論の末に、これ以上世界に秘密にしておくことができないような発見をしたんだよ。新しい時代が始まったんだ、生きることが楽しみになるような、偉大な時代が、ね。

サルティのおかみ　そうですか。その新しい時代とやらには、牛乳屋の払いもちゃんとできるようになってほしいものですよ、ガリレオ先生。（紹介状を指さしながら）お願いですから、その方を他の人たちのように追い返さないで下さいよ。牛乳屋の払いがあるんですから、ね。

（サルティのおかみ退場）

ガリレオ （笑いながら）せめてこの牛乳くらいはゆっくりと飲ませてくれよ！（アンドレアにむかって）じゃあ、昨日の話はいくらかは分かったんだな！

アンドレア 母さんを驚かそうと思ってああ言っただけですよ。だっておかしいもの。先生は僕の乗った椅子をぐるっと横向きに半回転させただけで、こんな風じゃなかった。（腕を使って前のめりの動作をする）こんな風にやったら、僕は落っこちゃったはずだもの、これが事実です。どうして椅子を前向きに廻さなかったんですか？　そうやったら、僕が地球から墜落することが証明されてしまうからでしょう。ほらね。

ガリレオ 私は証明したじゃあないか……。

アンドレア でも昨夜《ゆうべ》、僕は発見したんです、地球がそんな風に廻っていたら、夜は頭を下向きにしてぶら下がることになるはずだって。それは事実でしょ。

ガリレオ （机から林檎《りんご》を取って）じゃあ、これが地球だとしよう。

アンドレア　そんな例ばっかりもちださないでよ、ガリレオ先生。いつもその手でやりこめられちゃうんだから。

ガリレオ　（林檎を戻す）じゃあ、よそう。

アンドレア　利口な人はいつも例をだしてやりこめるんだ。だって僕は、母さんを椅子に乗せて引っ張り廻すわけにはいかないんだからね。だから、それが悪い例だってことは分かってくださいよ。それで、その林檎が地球だったら、どうなるの？　それでもやっぱり無理ですよ。

ガリレオ　（笑う）でも知りたくないんだろう？

アンドレア　もう一度、その林檎を取って。どうして僕は、夜に頭が下向きにならないんですか？

ガリレオ　それならばだ、これが地球で、お前はここに立っている。（薪《たきぎ》の木片を林檎に突き刺す）そして地球が廻る。

アンドレア　そうすると、僕は頭を下向きにしてぶらさがる。

ガリレオ　どうして？　よく見てごらん。頭はどこにある？

アンドレア　（林檎を指して）ほら、下になります。

ガリレオ　なんだって？　（林檎をぐるりと廻して元の位置に戻す）どうだ、こいつはやっぱり同じ位置に立っていないかね？　足が下にないかい？　私が廻したときに、お前はこんな風に立つかね？　（木片を抜いて、逆さまにする）

アンドレア　いいえ。でも、なぜ僕は回転していることに気がつかないの？

ガリレオ　お前もいっしょに廻っているからさ！　お前も、上の大気も、この地球にあるものは、全部いっしょに、だ。

アンドレア　じゃあ、太陽が動いているように見えるのは、どうして？

ガリレオ　（木片がささった林檎をもう一度廻す）つまり、君の足元に見えるのは地球だ、いつも変わらずに君の下にあって、君にとっちゃあ動いていない。だけど、上を見てごらん。いまはランプが頭の上にある、しかし、こうやって廻してみたら、どうだ、お前の頭の上にあるのは何だ？

アンドレア　（一緒に身体を回転させて）ストーブです。

ガリレオ　で、ランプはどこにある？

アンドレア　下です。

ガリレオ　そうだろう！

アンドレア　すごいや！　母さんもびっくりするぞ。

（裕福な身なりの青年ルドヴィーコが登場）

ガリレオ　この家は千客万来なもんでね。

ルドヴィーコ　おはようございます。ルドヴィーコ・マルシーリと申します。

ガリレオ（紹介状に目を通しながら）オランダにおられたのかね？

ルドヴィーコ　はい、そこで、あなたのお話をいろいろ伺いましたもので、ガリレオ先生。

ガリレオ　ご一族は、カンパーニャ地方に地所をお持ちか？

ルドヴィーコ　母が、世の中で起こっていることなどを少し見てこいと、言うもので。

ガリレオ　それでオランダにおられたときに、イタリアでたとえばこの私がやっていることを耳にされた、と？

ルドヴィーコ　母が、学問の世界も覗《のぞ》いたほうがいいと、言うもので……。

ガリレオ　個人授業は月に十スクーディ［一五～一六世紀のイタリアの通貨単位］ですぞ。

ルドヴィーコ　結構です、先生。
ガリレオ　何に興味があるのかね？
ルドヴィーコ　馬です。
ガリレオ　ははあ。
ルドヴィーコ　学問をやる頭は私にはないのですが、ガリレオ先生。
ガリレオ　なるほど。そういう事情がある場合は、月に十五スクーディだ。
ルドヴィーコ　結構です、ガリレオ先生。
ガリレオ　授業は朝のうちということにさせてもらうよ。アンドレア、お前の授業時間は犠牲になるぞ、そうなると、お前のは当然、休講となる。分かるよな、お前は授業料を払ってないんだから。
アンドレア　もう行きますよ。この林檎、持ってってもいい？
ガリレオ　ああ。
（アンドレア退場）
ルドヴィーコ　私相手では御苦労なさることと思いますが。なによりの理由は、学問の世界というのは、まともな常識を超えることばかりだからです。たとえば、アムステルダムで売られていた奇妙な筒。確かめてみたら、緑の革の鞘《さや》と二枚のレンズでできていて、一枚はこう（手で凹《おう》レンズの形を示す）、もう一枚はこう（手で凸《とつ》レンズの形を示す）、片方は拡大レンズで、もう一方は縮小レンズだそうです、まともな人間なら相殺《そうさい》しあうと思いますよね。違うのです。何でも五倍の大きさに見えるんです。そういうのが先生方の学問なのでしょうから。

ガリレオ　何が五倍に大きく見えるんです？

ルドヴィーコ　教会の塔や鳩、船。遠くにあるものがすべてです。

ガリレオ　そういう教会の塔といったものが大きく見えるのを、ご自分で確かめた？

ルドヴィーコ　はい、先生。

ガリレオ　その筒には二つのレンズがついている？（紙に図を描く）こんな風に？（ルドヴィーコが頷《うなず》く）その発明品はどのくらい古いのかな？

ルドヴィーコ　私がオランダを発《た》つ二、三日前だったと思います、少なくとも市場に出たのはそれより前ではありません。

ガリレオ（親切気に）ところでなぜ物理学の勉強なのかな？　馬の飼育じゃあ駄目

なんですかねえ?

(サルティのおかみが登場、ガリレオはそれに気がつかない)

ルドヴィーコ　少しは学問も必要だと、母が言うもので。今日《こんにち》では世界中が学問の恩恵に浴しているそうですね。

ガリレオ　あなたなら、古代の言葉を選んでもいいし、神学でもいい。そっちのほうが楽ですよ。(サルティのおかみに気がついて)よろしい。火曜日の朝、おいでください。

(ルドヴィーコ退場)

ガリレオ　そんな眼で見ないでくれよ。ちゃんと教えることにしたじゃないか。

サルティのおかみ　間一髪で私に気付かれたからでしょう。大学の事務局長さんがお見えですよ。

ガリレオ　あいつなら通してくれ、重要人物だ。ひょっとすれば五百スクーディの昇給だぞ。そうなりゃあ、生徒など取らなくてすむ。

（サルティのおかみが事務局長のプリウリを連れてくる。その間にガリレオは着替えをすませつつ、紙きれに何か文字を書きつけている）

ガリレオ　おはよう、申し訳ないが、半スクーディほど拝借できませんかな。（プリウリが財布から出したお金を受け取って、サルティのおかみに渡す）サルティのおかみさん、アンドレアを眼鏡屋に使いにやって、レンズを二枚買ってこさせてくれないか。これが寸法。

（サルティのおかみが紙きれをもって去る）

事務局長プリウリ　俸給を千スクーディにあげてほしいというあなたの嘆願の件で伺いました。残念ながら、これを大学に申請するわけにはまいりません。ご承知のように、数学科というのは学生が殺到するところじゃありませんからねえ。ま、いうなれば食えない芸術のようなもの。ヴェネツィア共和国が数学を軽んじているわけではありません。哲学のように必要でもなく、神学のように有益でもありませんが、数学は玄人《くろうと》には無限の楽しみを与えてくれますからねえ。

ガリレオ　（書類を覗きながら）しかしね、五百スクーディではやっていけないのですよ。

事務局長プリウリ　でもガリレオ先生、あなたは二時間の講義を週二回なさっておられるだけでしょう。並はずれた名声をお持ちなのですから、個人授業の支払いのできる生徒は好きなだけおとりになれましょうに。個人授業はやっておられないのですかな？

ガリレオ　それなら今でも多すぎるくらいだ。教えに教えていて、いつ研究できるのですか？　私は哲学科のお歴々ほどには賢くない。馬鹿なんですよ。まだまだ無知なんです。だから私の知識の欠落部分を埋めなきゃならない。それはいつやるんです？　いつ研究しろと？　いいですか、私の学問はまだ知識欲が旺盛なんだ。重大な問題に関しても、まだ仮説しか立てられていない。我々による証明が必要なんです。それなのに、私の家計のやり繰りのために、金が払えるというだけの低能児どもに片っ端から、平行線は無限において交わるなどとたたき込まなきゃならないとしたら、私はいつ研究が進められるんですか？

事務局長プリウリ　お忘れではないでしょうな、我がヴェネツィア共和国は、どこぞの王侯ほどには俸給を払っていないかもしれないが、研究の自由は保証しているんですよ。このパドヴァ大学では、新教徒にさえ聴講を許可し、博士号まで与えている！　クレモニーニ氏[8]だって、反宗教的な言辞を弄したという証拠まであがっていたのに、ガリレオ先生、我々は彼を異端審問所に引き渡さなかったばかりか、昇給まで許可したのです。ヴェネツィアが異端審問所の手だしのできない共和国であることは、オランダまでも知れ渡っている。これは、天文学者であるあなたには、ちょっとした価値ではないですかな。かなり前から、教会の教義への尊敬という点では負い目のある学問が、あなたのご専門でしょう！

ガリレオ　ジョルダーノ・ブルーノ[9]はここからローマに引き渡したじゃあないですか、コペルニクスの説を広めたという理由で。

事務局長プリウリ　コペルニクスの説を広めたからではありません、あの説は間違ってはいますけどね。そうではなくって、彼がヴェネツィア人ではなく、大学に籍ももっていなかったからです。まあ、火あぶりになった男の話はやめましょう。いくら自由とは言ったって、教会に公然と呪われた名前を、そんなにあたりかまわず喚《わめ》かれないほうがいいですよ、ここでも、そう、ここでだっていけません。

ガリレオ　思想の自由を守るってのは、都合のいい商売じゃあないんですか。よそではローマの異端審問所の手が及んで猛威をふるっているという口実で、あんた方は一流の教授陣を安く手にいれている。異端審問所の手から守ってやっても、最低の給料を支払うことで、元はとっているはずだ。

事務局長プリウリ　そんなことはない！　不当な言いがかりですよ！　もし異端審問所の教養のない僧侶が誰でもあなた方の思想を好きなように禁止できるとしたら、いくら自由な研究の時間があったって、それが何の役にたつというんですか。棘《とげ》のない薔薇《ばら》はない、僧侶のいない王国はなし、ですよ、ガリレオ先生！

ガリレオ　だが、自由な研究だって、自由な時間がなければ何の役にもたたない。成果を出せるかどうかの問題ですよ。たとえば、この落下の法則に関する研究を元老院十人評議会[10]のお歴々にお見せになって、（草稿の束を指し示す）これが何スクーディかの値打ちになるか、尋ねてみてはもらえませんかな。

8　パドヴァ大学の哲学と数学の教授でガリレオの同僚チェザーレ・クレモニーニは、アリストテレス学者でガリレオの反対派だったが、学問上の論争で何度か異端審問を受けた。

9　イタリアの哲学者ジョルダーノ・ブルーノ（一五四八～一六〇〇）は、唯物論的自然観に立ち、スコラ主義やキリスト教を鋭く批判したために、一六〇〇年に異端者として火刑に処せられた。

事務局長プリウリ　あなたのお書きになるものには、もっと測り知れない値打ちがあるのは確かですが、ガリレオ先生……。
ガリレオ　測り知れない値打ちではなく、五百スクーディをアップする値打ちです。
事務局長プリウリ　スクーディをもたらすものだけがスクーディの値打ちをもつのです。お金がお望みなら、もっと別のものを提供なさるといい。あなたの売る知識は、買った人がそれで儲《もう》けるだけのものしか要求できない。たとえば、フィレンツェのコロンべ氏[11]の売る哲学は、大公に年に少なくとも一万スクーディの利益をもたらします。あなたの落下の法則は、たしかにセンセーションを巻き起こした。パリでもプラハでも大喝采です。でも喝采してくれるご連中が、パドヴァ大学であなたにかかる費用を払ってくれるわけじゃあないでしょう。あなたの不幸はあなたのご専門、というわけですよ、ガリレオ先生。
ガリレオ　分かりましたよ。取引も自由、研究も自由だから、研究で自由な商売の取引をしろってことだ、ねえ？
事務局長プリウリ　ガリレオ先生！　何という考え方だ！　あえて言わせていただきますが、あなたが冗談で言われたことは、私にはしかとは分かりかねます。共和国の商売の繁栄が軽蔑されていいものとは思えない。それより大学の終身事務局長を長年やってきた私にもっと分かりかねるのは、研究を話題にされるその、あえて言わせて頂けば、そのふらちな調子です。（ガリレオが仕事机に戻りたそうな目つきをしているのに）周りの状況を考えてみてください！　奴隷制の鞭《むち》の下《もと》で学問が呻吟しているところもあるのですよ！　その鞭は昔の革製の本を切り裂いて作られている。そこでは石がどう落下するかではなく、アリストテレスはそれについてどう書いているかを調べなくっちゃあならない。眼は読むためだけにあるのです。ひれ伏すことが大事な法則となっているところで、新しい落下の法則など何のためになるのです？　そういう状況の中で、我が共和国があなたの思想を、どんなに大胆であろうとも、そのまま受け入れているということを幸せだと思っていただかなくては！　あなたはここだから研究できるのです。お仕事がで

10　十人評議会はヴェネツィア元老院の上部組織で、総督や内閣にあたる評議会よりも実権を持っていた。

11　ルドヴィーコ・デレ・コロンベはフィレンツェ人で、スコラ派の哲学者。ガリレオの反対派の領袖の一人。

きるんですよ！　監視する者も、弾圧する者もなく。我が国の商人たちは、亜麻布《リネン》の質をよくすることがフィレンツェとの商売競争で誰に何を意味するかを知っているから、あなたの「物理学の改革」という呼び掛けをも関心をもって聞いている。物理学のほうだって、紡績機の改良を求める声の恩恵をどれだけ受けていることか！　この国のトップの人たちがあなたの研究に興味を持っていて、その発見を見せてもらいにあなたを訪ねてくるのです、寸暇をおしむような人たちが、ですよ。商売や取引を軽蔑なさってはいけません、ガリレオ先生。あなたのお仕事がちょっとでも妨害されたり、権限のない人たちがあなたを苦境におとしいれたりしたら、この国の人たちは黙っちゃあいない。当地でこそお仕事ができるのだということを、お認めください、ガリレオ先生！

ガリレオ　（絶望的に）はあ。

事務局長プリウリ　物質的な待遇改善に関してですが、またあの有名な比例コンパスのような素晴らしいものを作られたらどうですか。あれを使えば（指で数えあげながら）数学の知識がまったくなくても線が引けるし、元金の利子の計算ができるし、不動産の図面をどんな尺度でもつくれる、大砲の弾丸《たま》の重さまで測定できるんですからなあ。

ガリレオ がらくたですよ。

事務局長プリウリ トップの人たちが驚喜して、お金にもなったものを、がらくたとおっしゃるのですか。聞くところによりますと、あれでなら、ステファーノ・グリッティ将軍でさえ平方根の計算ができるとか。

ガリレオ そりゃたしかに奇跡だ！ おっしゃることをとくと考えてみたのですがね、プリウリさん、もしかしたら意にそえるものがお見せできるかもしれませんよ。

（スケッチした図面を取りだす）

事務局長プリウリ そうですか？ それなら一件落着するでしょう。（立ち上がる）我々は、あなたが偉大なお方であることは承知しております、ガリレオ先生、偉大なお方だが、言わせて頂けるなら、不満も多い。

ガリレオ たしかに私は不満の徒だ。でも、あなた方が理性の徒なら、私の不満に対してこそ、お金を払ってくれるべきじゃあないですか！ 私は自分自身に対して不満なのですよ。なのにあなた方は、私があなた方に不満を持つように仕向けなさる。

認めますよ、ヴェネツィアのお偉方があの有名な造兵廠《ぞうへいしょう》や造船所、大砲工場で、私をおおいに活かしてくださっているのはうれしいことです。でも、そこで必要なアイデアをさらに進めるために、私の専門分野にとって緊急に必要な研究をする時間を、私に与えてはくださらないのです。働いている牛にも餌《えさ》を与えなくっちゃ。四十六歳だというのに、私は自分で満足できるものは何一つ成し遂げていない。

事務局長プリウリ　それでは、これ以上のお邪魔はいたしますまい。

ガリレオ　ありがたい。

（プリウリ退場。ガリレオはしばらくの間一人になり、仕事を始める。そこにアンドレアが走って登場）

ガリレオ　（仕事を続けながら）どうして林檎を食べなかったんだい？

アンドレア　これで母さんに、母さんも廻ってるってことを教えてやるんだもん。

ガリレオ　アンドレア、お前にも言っておかなきゃな。我々の考えていることを他の連中にはしゃべるな。

アンドレア　どうして？

ガリレオ　お上《かみ》が禁止しているんだ。

アンドレア　でもそれが真実《ほんと》なんでしょ？

ガリレオ　でも禁じるんだよ！　それにこの場合はもう一つ問題がある。我々物理学者はまだ、我々が正しいと思っていることを証明できてはいないんだよ。偉大なコペルニクスの学説でさえ、まだ証明されてはいない。単なる仮説だ。買ってきてくれたレンズをおくれ。

アンドレア　半スクーディ足りなかったんだ。僕の上着を担保《かた》に置いてこなくっちゃならなかったんだよ。

ガリレオ　この冬、上着なしでどうするんだい。

（間。ガリレオはスケッチを描いた紙の上にレンズを置く）

アンドレア　仮説って何のこと？

ガリレオ　たぶんそうだろうと思っても、まだ事実にはなっていないもののことだ。

たとえば、籠屋《かごや》のフェリーチェおばさんが下の店先で子供にお乳をあてがってい
るよね。あれだって、子供にお乳を与えているのであって、子供からお乳をも
らっているのではないってことは、行って、それを見て、証明できない限りは、
まだ仮説なんだよ。天体に関するかぎり、我々はほとんど何も見えない眼を持っ
た蛆虫《うじむし》同然だ。何千年も信じられてきた古い学説は、完全にがたがきている。巨
大な体系を作り上げていながら、中味がなくて、それを支えなければならない柱
ばかりが多い。たくさん定理はあっても、ほとんど何も説明できない。ところが
新しい仮説は、少しの定理でたくさんのことが説明できる。

アンドレア　だけど先生は、僕にはぜんぶ証明してくださったじゃないですか。

ガリレオ　そう考え得るというだけだ。だがこの仮説がどんなにすばらしいかは分かっただろう、反論の余地はないんだよ。

アンドレア　僕も物理学者になりたいなあ、ガリレオ先生。

ガリレオ　そうだろう、説明しなきゃならん問題がこの領域にはまだ山ほどあるからね。（窓のところに行って、二つのレンズを通して外を見る、かなりの興味を示しながら）アンドレア、ちょっと覗いてごらん。

アンドレア　うわあーすごい。何でもすごく近く見える。鐘楼《カンパニョーレ》の釣り鐘がすぐそこだ。銅の文字盤まで読めるよ、神の恩寵《グラチア・ディオ》って書いてある。

ガリレオ　これで五百スクーディは間違いなしだぞ。

第2景

ガリレオはヴェネツィア共和国に新しい発明品を贈呈する。

偉大な人のすることが、すべて偉大というわけではない。
それにガリレオは、食べることが大好きだった。
だから望遠鏡をめぐる顛末《てんまつ》を聞いても、
決して怒ったりなさらぬように。

（ヴェネツィアの港に近い大きな造兵廠。ヴェネツィア総督を先頭に元老院評議員たち。脇のほうにガリレオの友人サグレドと、十五歳のガリレオの娘ヴィルジーニアが立っている。彼女はビロードのクッションの上に、紅色の革の鞘に入った六十センチほどの長さの望遠鏡を捧げ持っている。演壇にはガリレオ。その後ろに望遠鏡を立てる台があり、レンズ研磨工のフェデルツォーニがそれを扱っている）

ガリレオ　ヴェネツィア総督閣下、そして元老院評議員の皆様方！　そのパドヴァ大学の数学教師で、ヴェネツィア造兵廠所長でもある小生が、つねに我が務めと心得てまいりましたのは、高邁《こうまい》な教育の使命を十分に果たすとともに、有益な発明でヴェネツィア共和国に巨大な利益をもたらすことであります。そして本日ここに、はかりがたい喜びとしかるべき謙譲の念をもって、まったく新しい器械をご覧頂き、献上させて頂く運びと相成りました。望遠鏡もしくはテレスコープと申すもので、あなた様方の恭順な僕《しもべ》である私めの十七年におよぶ忍耐を重ねた研究の結晶であり、高度に科学的かつキリスト教的な原則に従いまして、世界的に有名なこの軍需品倉庫で完成させました。

（ガリレオは演壇を下り、サグレドの脇に立つ。拍手。ガリレオはお辞儀をする）

ガリレオ　（小声でサグレドに）時間の浪費だよ！

サグレド　（小声で）でも、肉屋に支払いができるようになるよ。

ガリレオ　そうだな、奴らはこれで大儲けするんだから。（もう一度お辞儀をする）

事務局長プリウリ　（演壇に上がって）ヴェネツィア総督閣下、元老院評議員の皆様方！　偉大なる技芸大全の名誉ある一頁《ページ》が、またもやヴェネツィア人の名前で飾られることとなりました。（儀礼的な拍手）世界的な名声を誇る学者の手によって、皆様方に、皆様方だけに、極めて商品価値の高い逸品が、お好きなように製造し、市販して頂けるよう、ここに献呈される次第であります。（より強い拍手）この器械を用いますれば、戦争の時には敵の艦隊の数や種類を敵よりもゆうに二時間は早く知ることができ、その勢力を見はかって追跡するか、戦うか、撤退するかを、決断できるということも、御同意頂けるかと思います。（強い拍手）それでは、総督閣下と元老院評議員の皆様方に、ガリレオ氏のお望みによって、氏の直観の成果であるこの発明品を、氏の魅力ある令嬢の手から、受け取って頂きます。

（音楽。ヴィルジーニアは前に出て、お辞儀をし、望遠鏡を事務局長プリウリに渡し、彼はそれをさらにフェデルツォーニに渡す。フェデルツォーニはそれを台の上にのせ、照準を合わせる。総督と元老院評議員たちは演壇にあがって、望遠鏡を覗く）

ガリレオ　（小声で）こんな馬鹿騒ぎに最後までつきあえるかどうか、わからんよ。お歴々は大そうな金になる木を手に入れたと思っているが、そんなものじゃないんだ。実はゆうべ、こいつを月に向けてみたんだがね。

サグレド　何が見えた？

ガリレオ　月は自分で光を放っているのではない。

サグレド　何だって？

評議員たち　サンタ・ロジータの要塞が見えますよ、ガリレオ先生。――あそこの船の上では昼食に魚のフライを食べている。私も食欲が湧いてきました。

ガリレオ　断言してもいい、天文学がこの何千年来進歩しなかったのは、望遠鏡がなかったせいだよ。

評議員　ガリレオ先生！

サグレド　お声がかかってるぞ。

評議員　この器械は見えすぎますな。これからは屋上で水浴びはしないように、ご婦人方に言っとかなきゃなりませんぞ。

ガリレオ　君は天の川が何でできているか、知ってるかい？

サグレド　いや。何でだって？

ガリレオ　私は知っているのだ。

評議員　これでしたら十スクーディででも売れますな、ガリレオ先生。

（ガリレオは会釈をする）

ヴィルジーニア　（ルドヴィーコを父の所に連れてきて）お父さま、ルドヴィーコさんがお祝いをおっしゃりたいって。

ルドヴィーコ　（当惑しながら）おめでとうございます、先生。

ガリレオ　あいつを改良したのだよ。

ルドヴィーコ　もちろんです、先生。鞘を赤くなさいましたね。オランダのは緑でしたから。
ガリレオ　(サグレドに向かって)それどころか、こいつを使えば、あの学説も証明できるんじゃないかと考えてるんだ。
サグレド　用心しろよ。
事務局長プリウリ　これであなたの五百スクーディは確実ですよ、ガリレオ先生。
ガリレオ　(彼に見向きもしないで)もちろん僕だって、性急な結論には懐疑的だ。
(太った風采の上がらない男である総督がガリレオに近付いてきて、不器用に威厳を示しながら話し掛けようとする)
事務局長プリウリ　ガリレオ先生、閣下です、総督閣下ですよ。
(総督はガリレオと握手をする)
ガリレオ　なるほど、五百スクーディは確実か！　ところでお気に召しましたでしょうか、閣下？

総督　残念ながら我らが共和国では、学者さん方の意に添うためには、元老院十人評議会の人たちへの口実が必要でしてな。

事務局長プリウリ　でも見方を変えれば、そうでないと励みになりませんよね、ガリレオ先生？

総督　（微笑みながら）我々にも口実は必要です。

（ガリレオは総督と事務局長に元老院評議員たちのところへ連れていかれ、彼らに取り囲まれる。

ヴィルジーニアとルドヴィーコはゆっくりと退場しながら）

ヴィルジーニア　私、ちゃんとやれたかしら？

ルドヴィーコ　ちゃんとやれたと思うよ。

ヴィルジーニア　どうかしたの？

ルドヴィーコ　いや、べつに。ただ、鞘は緑色でもよかったのになあって。

ヴィルジーニア　でも、皆さんは、お父さまにとても満足してらしたと思うけど。

ルドヴィーコ　それに僕にも、学問ってものが少しは分かってきたような気がするよ。

第3景

一六一〇年一月十日、ガリレオは望遠鏡で、コペルニクスの宇宙体系説を証明する現象を発見する。その研究がどういう結果をもたらすかを友人に警告されたガリレオは、人間の理性に対する自らの信念を披《ひ》瀝《れき》する。

一六一〇年一月十日、
ガリレオは天国の不在を知った。

(パドヴァのガリレオの書斎。夜中。ガリレオとサグレドが分厚い外套《がいとう》にくるま

りながら、望遠鏡を覗いている)

サグレド (望遠鏡を覗きながら、やや声を高めて)うーん。三日月の縁のところは不規則で、粗いぎざぎざになっているぞ。光っている縁の近くの暗いところにも、光った点が幾つか見える。その点々がひとつずつ光を増してきて、それが重なり合ってだんだん面になり、それがまた集まって、もっと大きな光の面をつくっている。

ガリレオ その光っている点を君ならどう説明するかい?

サグレド こんなことがありうるのかな?

ガリレオ あるんだよ。それは山だ。

サグレド 星の上にかい?

ガリレオ そう、巨大な山々だ。そのてっぺんが昇ってくる太陽の光を受けて光っている。だが周りの斜面はまだ夜の闇に包まれている。君が見ているのは、光が山頂から谷間へ下りてくるところだよ。

サグレド しかし、それは、この二千年来の天文学とはまったく矛盾することだぜ。

ガリレオ　その通り。いま君が見ているのは、いまだかつて人類が見たことのないものだ、僕以外にはね。君が二人目だよ。

サグレド　だけど、月が山や谷のある地球であるはずがないじゃないか。地球だって星であるはずがない。

ガリレオ　月は山や谷のある地球かもしれないし、地球だって星でありうる。ごく普通の天体、何千とある星のひとつかもしれない。もう一度よーく覗いてみろよ。月の暗い部分は、一様にまっくらに見えるかい？

サグレド　いや。よーく見ると、弱い灰色の光がかかっている。

ガリレオ　それはどんな光だと思うかい？

サグレド　（怪訝《けげん》そうに）？

ガリレオ　地球からの光だ。

サグレド　馬鹿馬鹿しい！　どうやって地球が光を放つというんだ、山や森や川や海もある、こんな冷えた物体がさ。

ガリレオ　月が輝いているのと同じだよ。どちらの星も太陽に照らされて輝いている。我々の見る月と、月から見た我々は同じものだ。月から見れば、我々も、三日月だったり、半月だったり、満月だったり、闇夜だったりするわけさ。
サグレド　それじゃあ、月と地球の間に違いはないのかい？
ガリレオ　ないようだね。
サグレド　ローマで一人の男が火あぶりになってから、まだ十年もたっていないんだぞ。ジョルダーノ・ブルーノ、彼も同じようなことを主張した。
ガリレオ　そうだ。そして我々は、それをこの眼で確認している。君の目を望遠鏡にあててみろよ、サグレド。君が見ているのは、天と地には何の区別もないという事実だ。今日は一六一〇年一月十日。人類がその日記に、天国が廃止された、と書く日だ。
サグレド　恐ろしいことだ。
ガリレオ　もうひとつ発見したことがあるんだよ。もしかしたら、そっちのほうがもっと驚くべきことかもしれんぞ。
サルティのおかみ　（入ってきて）大学の事務局長さんがいらっしゃいました。
（事務局長が駆け込んでくる）

事務局長プリウウリ　こんな夜分遅くに失礼します。どうしても、あなたと二人だけで話さなきゃならないことができたもので。

ガリレオ　サグレド氏なら、私の聞いていい話はすべて聞いてもらってもいいんですよ、プリウウリさん。

事務局長プリウウリ　しかし、この方に話の内容を聞かれたら、あなたにとってもご都合が悪いかと思いますがね。残念ながら、まったくもって信じられない話なのですから。

ガリレオ　サグレド氏なら、私といて信じられない話に出くわすのは、慣れっこですから。

事務局長プリウウリ　そうですか、心配ですがね。（望遠鏡を指差しながら）こいつはひどい食わせ物ですよ。すぐにでもたたき捨てて頂きたい。何にもならん、まったく何の値打ちもない！

サグレド　（いらいらと歩き廻っていたが）どうしてです？

事務局長プリウウリ　いいですか、あなたが十七年の研究の成果だといわれたこの発明品、こいつはいまイタリア中の街角でほんの二、三スクーディも出せば買えるんですよ。それもオランダ製のやつが。ちょうどこの瞬間にも、オランダの貨物船が五百もの望遠鏡を港に荷降ろししている真っ最中なんです！

ガリレオ　本当ですか？

事務局長プリウリ　どうしてそんなに平然としておられるのか、私には納得できかねますがね、先生。

サグレド　それがどうしたというんですか？　それよりも、この器械を使ってガリレオ先生がこの数日の間に、星座に関する画期的な発見をなさった話をお聞きになったら如何《いかが》ですか？

ガリレオ　（笑いながら）覗いてご覧になれますよ、プリウリさん。

事務局長プリウリ　こっちこそ聞いて頂きたい。発見というなら、こんながらくたで、ガリレオ先生の俸給を倍増してさしあげた、この私の発見で十分です。我が共和国のここでしか製造できない物を確保できたと思い込んだ元老院評議員のお歴々が、この器械で七倍にも拡大して真っ先に覗いて見たものが、まさにこれと同じ筒、しかもそれを、街角で物売りがパン一個の値段で売っている光景でなかったのは、まったくの偶然にすぎなかったのですよ。

（ガリレオは大声をあげて笑う）

サグレド　プリウリ殿、私にはこの器械の商品価値は判断できかねるかもしれませんが、哲学的な価値は途方もなく大きく……。

事務局長プリウリ　哲学的な価値ですって！　先生、あなたは、ガリレオ先生は数学者でしょう、哲学に何の関係があるんです？　先生、あなたは、かつてはこの町のために、じつに見事な水揚げポンプを発明してくださったし、あなたの作った灌漑《かんがい》施設も立派に成果をあげている。織物業者たちも、あなたの機械を同様に称賛しているんです。そういうものをどうして作ってくださらなかったのですか？

ガリレオ　そう、お焦りなさいますな、プリウリさん。相変わらず船での航海は遠く、危険も多く、金もかかる。空に信頼できる時計のようなものがあるといい。ナビゲーターになるようなものですな。そこで私はこの望遠鏡で、じつに規則的に運行するいくつかの星をはっきり確認できるのではないか、と考えているわけです。新しい星の地図ができれば、航海での何百万スクーディを節約できるようになる。

事務局長プリウリ　もう結構です。これまで私は、あなたの話には十分すぎるほど耳を傾けてまいりました。その私の好意へのお返しに、あなたは私を町中の笑い者にしてくださったというわけだ。私は何の価値もない望遠鏡で詐欺にあった事務局長として、記憶に残ることでしょう。あなたは笑っておられる、五百スクーディを手にいれたんですから。しかし私は言いたい、誠実な人間だからこそ、言うのです、ほとほとこの世が嫌になりました！

（ドアを後ろ手にバタンとしめて出ていく）

ガリレオ　怒ると、あの男もじつに親しみがもてるよ。聞いたかい、商売のうまくいかない世の中は、嫌なんだとさ。

サグレド　君は、オランダでのその製品のことは、知っていたのかい？

ガリレオ　もちろんさ、噂で、だけどね。でも欲張りの評議員のお歴々には、その倍も性能のいい奴を作ってやったんだがね。家の中にまで、税金の執達吏にうろうろされたんじゃあ、仕事にならないし。ヴィルジーニアにだって持参金がいるだろう、あの娘《こ》は頭がよくないからな。それに、僕は本も買わなきゃならない、物理学の本だけではなくね、それからちゃんとうまいものも食いたい。うまいものを食っていると、一番いい考えが浮かぶんだよ。何と腐った時代だ！　僕の給料は、奴らに酒壜《さかびん》を届ける御者への払いと、おっつかっつだったのだからねえ。二時間の数学の講義が薪四棚分だ。今のところは、奴らから昇給五百スクーディをもぎとったが、それでもまだ借金がある。なかには二十年越しってのもね。せめて五年間でも研究の時間があったら、何でも証明できるだろうに。君に見せたいものが、まだ他にもあるんだ。

サグレド　（望遠鏡のところに行くのをためらう）なんだか恐怖を感じるんだけどね、ガリレオ。

ガリレオ　今度は、乳白色に輝く銀河の霧を見せてあげるよ。あれは何でできていると思うかね？

サグレド　星だ、無数の星だ。

ガリレオ　オリオン星雲だけでも、五百の恒星がある。それが、あの火あぶりにされた男が言っていた、無数にたくさんの他の世界、遠くにあるたくさんの天体、というわけだ。彼は、実際に見たわけではないけど、予想はしていたのさ。

サグレド　しかし、この地球が星だとしても、地球が太陽の周りを廻っているというコペルニクスの主張までは、まだ大分遠いじゃないか。空には、他の星の周りを廻っている星は存在しない。だが地球の周りには、いつも月が廻っているぞ。

ガリレオ　サグレド、僕は考えているんだ。一昨日《おととい》からずっと考えている。ほら、あれが木星だ。（望遠鏡の照準をあわせる）そのそばに四つの小さな星があるだろう、望遠鏡でしか見えないがね。僕はそれを、月曜日に見つけたんだが、その位置を特別にメモしてはおかなかった。そして昨日、また見てみた。誓ってもいいが、その四つの星の位置が違っているんだよ。それをメモしておいた。ところがまた違っている。これはどういうことなのか？　今度はそれを僕は四つ見たのだ。（動きながら）覗いてみろよ！

サグレド　僕には三つしか見えんぞ。

ガリレオ　四つ目はどこにあるのか？　ここにそのメモがある。四つの星がどんな動きをした可能性があるのか、計算してみよう。

（二人は興奮して仕事にかかる。舞台は暗転するが、舞台の円型ホリゾントには、木星とその衛星がずっと見えている。ふたたび照明が明るくなったとき、二人

はあいかわらず、冬の外套にくるまったまま、座って仕事を続けている）

ガリレオ　証明されたぞ！　四つ目の星は、木星の裏側に廻ったとしか考えられない、だから見えてないいんだ。どうだい、他の星の周りを廻っている星は存在しているわけだ。

サグレド　だが、木星がくっついているあの天の殻はどうなるんだい？

ガリレオ　そう、今度はあの天の殻がどこにあるかだ。他の星が木星の周りを廻っているとすれば、木星が天の殻にくっついているはずがない。天空には、支えなんてないんだよ、宇宙には、支えるものなどないんだ！　別の太陽があるんだ！

サグレド　落ちつけよ！　君は性急に考えすぎる。

ガリレオ　性急、だと？　おい、興奮しろよ！　君が見ているのは、まだ誰も見たことがないものなんだぞ。彼らは正しかったのだ！

サグレド　誰が？　コペルニクス派の連中が、か？

ガリレオ　それにもうひとりの男もだ。世界中が反対したが、彼らは正しかったのだ。これは、アンドレアにも教えてやらなくっちゃ！　サルティのおかみさん！

サグレド　ガリレオ、落ち着かなきゃ！
ガリレオ　サグレド、君こそ興奮しなきゃ！　サルティのおかみさん！
サグレド　（望遠鏡をよそのほうに廻して）馬鹿みたいに大声を上げるのは、やめてくれないか？
ガリレオ　君こそ、馬鹿みたいに突っ立ってるのをやめてくれ。真理が発見されたんだよ。
サグレド　俺は、馬鹿みたいに突っ立ってるんじゃあない、震えているんだ。それが真理かもしれないって。
ガリレオ　何だって？
サグレド　理性をなくしてしまったのかい？　いま君が見たものが真理だとしたら、どんな事態になるか、本当に、分かっているのかい？　地球が星の一つで宇宙の中心ではない、ということを、あっちこっちでわめきまわったら、さ。
ガリレオ　そうだよ、そしてこの巨大な宇宙全体だって、これまで考えられていたように、このちっぽけな地球の周りを廻っているのではない、ということもね。
サグレド　つまりは、星しか存在しないということだ！　とすれば、神はどこにいる？

ガリレオ　何を言いたいんだ？　え？
サグレド　神様だよ、神はどこにいる？
ガリレオ　（怒って）あそこにはいない！　向こうにも生物がいる、ここ地球に神を探そうとしても、こっちの地球には見つからないのと同じさ。
サグレド　じゃあ、神様はどこにいるんだ？
ガリレオ　俺は神学者じゃあない。数学者だぜ。
サグレド　その前に、君も人間だろう。そのうえで聞きたいんだ、君の宇宙体系では、神はどこにいるのだ？
ガリレオ　僕らの中にだ、さもなければどこにもいない！
サグレド　（叫ぶ）あの火あぶりになった男が言ったように、か？
ガリレオ　火あぶりになった男が言ったように、だ！　そうだ！
サグレド　そのために、あの男は火あぶりになったんだぜ。あれからまだ十年もたっていないんだ！
ガリレオ　彼は証明できなかったからだよ！　ただそう主張しただけだったからだ！　サルティのおかみさん！

サグレド ガリレオ、僕の知っている君は、いつだって利口な男だった、パドヴァで十七年、ピサで三年、君はちゃんと何百人もの学生に、忍耐強く、教会が告示し、その教会の基盤となっている聖書がもとになっている、あのプトレマイオスの体系を、教えてきたじゃないか。コペルニクスと同様に、それを間違いだとみなしながらも、それでも教えてきた。

ガリレオ 僕がそれを何も証明できなかったからだ。

サグレド （信じられないように）たいした違いはないじゃないか？

ガリレオ 大違いだよ！ いいかい、サグレド、僕は人間を、つまり人間の理性を信じているんだ！ その信念がなかったら、朝、ベッドから起き上がる力もなくなるほどに。

サグレド それなら言わせてもらおう、僕は人間を信じちゃいない。四十年、人間として生きてきて、いやというほど教えられてきたのは、理性というものが、人間には通用しないという事実だ。箒星《ほうきぼし》の赤い尻尾《しっぽ》を見せて、奴らを不気味な不安に追いこんでみろよ。とたんに家から飛び出して、足の骨を折っちまうだろう。しかし、理性的な命題を示して、七つもの論拠で証明してみせたとしても、奴らはただ君をあざわらうだけだよ。

ガリレオ それは違う、中傷だよ。君がそんなことを信じながら、なおかつ科学を愛せるということのほうが、僕には理解できない。根拠をあげられても反応しないのは死人だけだよ。

サグレド 何で君は、人間のあわれむべき狡猾《こうかつ》さを、理性と取り違えられるんだ？

ガリレオ 僕は人間のあわれむべき狡猾さのことを語っているんじゃない。たしかに、売るときは驢馬《ろば》を馬だと言い、買う時には馬を驢馬だという、それが人間の狡猾さだろう。だけど、旅の前の夜に、ごつい手で藁《わら》をひと束よけいに驢馬に食わせてやる老婆、船の貯蔵品を買う時に、嵐や凪《なぎ》のことを考える船乗り、雨が降りそうだと思ったら、帽子をかぶる子供、そういう人間のいることが、僕の希望だ。ちゃんと根拠を大事にする人たちだ。そう、僕は、理性が人間に与えるおだやかな力というものを信じている。人間はいつかはそれに抵抗できなくなる。僕がこうやって、（石を手から床に落とす）石を落として、しかも石は落ちないと言ったら、そのうち誰も黙って見てはいられなくなるだろう。そんなことは、人間には不可能なんだ。証明のもつ誘惑の力は、あまりに大きい。たいていは、ときがたつと全員がその力に負ける。考えることは、人間という種族のもつ最大の楽しみのひとつなんだよ。

サルティのおかみ　（登場して）何のご用ですか、ガリレオ先生？

ガリレオ　（また望遠鏡に向かって、メモを取りながら、すごく嬉しそうに）そう、アンドレアに用があるんだ。

サルティのおかみ　アンドレアに？　まだ寝てますよ。

ガリレオ　起こしちゃくれないかね？

サルティのおかみ　アンドレアに、何の用があるんですか？

ガリレオ　見せたいものがあるんだ、きっと喜ぶよ。地球が始まって以来、我々のほかにはまだ誰も見たことのないものを、あの子にも見せてやらなくっちゃ。

サルティのおかみ　また、その筒眼鏡を覗いて、どうのこうのでしょう？

ガリレオ　そう、この筒眼鏡を覗いてのどうのこうのだよ、サルティのおかみさん。

サルティのおかみ　そしてそのために、あの子を真夜中に起こせっていうんですか？　お気は確かですか？　夜はちゃんと眠らせます。起こす気なんぞ、ありませんよ。

ガリレオ　絶対に？

サルティのおかみ　絶対に。
ガリレオ　それなら、サルティのおかみさんに助けてもらおうか。実はね、我々の間で意見の一致しない問題があって、たぶん、ふたりとも本ばかり読みすぎたせいだと思うが。空について、星に関する問題なんだけど。つまり、大きいものが小さいものの周りを廻ると考えるのか、それとも小さいものが大きいものの周りを廻っているのか。
サルティのおかみ　(疑わしげに) ガリレオ先生には、用心してかからなくっちゃあね。まじめな質問なのか、また、私をからかおうとしていなさるのか?
ガリレオ　まじめな質問だ。
サルティのおかみ　だったら、すぐに答えられますよ。お食事の用意をするのは、あなたですか、それとも私ですか?
ガリレオ　食事の用意をしてくれるのはあなただ。昨日のはちょっと焦げてたけどね。
サルティのおかみ　じゃあなぜ焦げてたんです? あなたが料理の最中に、靴を持ってこいとおっしゃったからでしょ。靴をお持ちしたでしょうが?
ガリレオ　そうだったかもしれない。

サルティのおかみ　学問をして、お給料を払うのがあなただからですよ。
ガリレオ　なるほど、わかった、全然むつかしいことはないわけだ。ありがとう、サルティのおかみさん。

（サルティのおかみは可笑《おか》しそうに退場）

ガリレオ　これでも、ああいった連中は真理を理解できない、というのかね。彼らは真理にかぶりついていくんだよ。

（早朝のミサの鐘が鳴り始める。ヴィルジーニアが風よけのついたランタンをさげて、外套姿で登場）

ヴィルジーニア　おはよう、お父さま。
ガリレオ　こんなに朝早くどうした？
ヴィルジーニア　サルティのおかみさんと、早朝のミサに行ってきます。ルドヴィーコさんも一緒よ。夜はどうでした、お父さま？
ガリレオ　明かるかったよ。

ヴィルジーニア　覗いてもいい？

ガリレオ　何のために？（ヴィルジーニアが答えあぐねていると）これは玩具《おもちゃ》じゃないよ。

ヴィルジーニア　はい、お父さま。

ガリレオ　ちなみにこの筒は、当てが外れたんだ、そのうちお前もあちこちでその話を聞かされることになるだろうし。町中で、三スクーディで売られている。もうオランダで発明されていたんだ。

ヴィルジーニア　でもそれで、何か新しいものを空に発見なさったんじゃないの？

ガリレオ　お前に関心があるようなことじゃあないよ。大きな星の左側にいくつかの小さな点がぼんやり見えただけだ。あの星に、なんとかして注目を向けさせなきゃな、（娘の頭越しにサグレドに話し掛ける）フィレンツェ大公の名前をとって、「メディチ星」と命名したらどうだろう？（ふたたびヴィルジーニアに向かって）お前も興味があると思うんだが、ヴィルジーニア、たぶん、フィレンツェに引越すことになると思うよ。問い合わせの手紙を書いたのだ、フィレンツェ大公が私を宮廷数学者として必要となさるかどうか、とね。

ヴィルジーニア　（喜色満面で）宮廷に？

サグレド　ガリレオ！

ガリレオ　ねえ、君、僕には暇が必要なんだ。証明しなくちゃならん。うまい肉料理もほしい。それに、宮廷数学者なら、個人教授の弟子たちにプトレマイオス体系をたたき込む必要もなくなり、時間がもてる、時間だよ、時間、時間、僕の証明を完成させるための時間ができるんだよ、今の時間じゃあ足りないんだ。こんなのは、まだ貧弱な中途半端仕事だ。これじゃまだまだ世の中に出すことはできない。太陽の周りを天体のどれかひとつでも廻っているという証明すら、まだできていないんだからね。しかし、僕はそれを証明したい、サルティのおかみさんから教皇に至るまで、すべての人にわかる証明を、だ。唯一の心配は、宮廷が僕を採用してくれるかどうか、だがね。

ヴィルジーニア　きっと採用してくださいますわ、お父さま。新しい星や何かも含めて。

ガリレオ　ミサに行きなさい！

（ヴィルジーニア退場）

ガリレオ　お偉方に手紙を書いたことなんて、めったにないもんでね。（サグレドに手紙を渡す）これでいいと思うかい？

サグレド　（ガリレオの渡した手紙の最後を声に出して読む）「小生のこの上なく切なる願いは、この時代を照らし出す、昇りゆく太陽となられる大公殿下のお側《そば》にお仕えしたいということにつきるのでございます」か。フィレンツェの大公は、まだ九歳だぜ。

ガリレオ　そうだ。君はどうやら、僕の手紙が卑屈にすぎると思っているようだな。僕のほうは、卑屈さがまだ足りないんじゃないか、形式的すぎて、ほんとうの恭順さに欠けているんじゃないかと考えている。アリストテレスの説を証明する功績があったというんなら、控え目な手紙でも十分だろうが、僕はそうじゃない。僕のような男は、平身低頭したあげくに、やっとそれなりの地位にありつける。君もご承知のように、僕は、自分の胃袋を満たす才覚のない人間を、軽蔑しているんでね。

（サルティのおかみとヴィルジーニアが二人のそばを通ってミサに行く）

サグレド　フィレンツェの宮廷に行くのはよせよ、ガリレオ。

ガリレオ　何故《なぜ》だ？

サグレド　あそこは、坊主どもの天下だぜ。

ガリレオ　フィレンツェの宮廷には、名のある学者もいるぞ。

サグレド　卑屈な取り巻き連中ばかりさ。

ガリレオ　僕は、あの連中の首根っこをひっつかまえて、望遠鏡の前にひきずっていってやるんだ。坊主だって、人間だろ、サグレド。彼らも証明のもつ誘惑には勝てないよ。忘れないでくれ、あのコペルニクスが要求したのは、彼の数字を信じろということだったが、僕が要求しているのは、ただ、連中に、自分の目を信じろということだけだ。真理が弱すぎて自分を守れないときには、攻撃に転じなきゃあ。だから僕は、あの連中の首根っこをつかまえて、この望遠鏡を覗かせてやるのさ。

サグレド　ガリレオ、僕には君が恐ろしい道を歩いて行くのが見えるよ。人間が真理を見てしまう夜は、不幸になる夜だ、人類の理性を信じてしまう時は、目がくらんでいる時なんだよ。見える眼を持って歩くとは、誰のことか。破滅に向かって歩く人間のことだ。真理を知ってしまった人間を、権力者が自由に歩かせると思うかい？　はるか離れた天体についての真理であっても、ね。「教皇は間違っているのに、自分が間違っていることを聞こうともしない」と君が言ったら、教皇は君の真理に耳を貸すと思うのかい？　教皇が自分の日記にすんなり、「一六一〇年一月十日、天国は廃止された」と書くとでも、思っているのか？　この共和国を出て行くなんぞと、どうして君は考えるんだよ？　真理をポケットに入れ、望遠鏡を手に持って、王侯や坊主の罠《わな》にはまりこみに行くようなものだ。君は学問には疑い深いのに、仕事をやりやすくしてくれそうなことに対しては、子供みたいに信じやすくなるんだ。

君はアリストテレスは信じないくせに、フィレンツェの大公は信じるんだね。さっき君が望遠鏡の前に立って新しい星を見ていたとき、僕には、君が燃え盛る薪の上に立っているように見えた。証明されたことは信じると君が言ったときには、肉の焦げる臭《にお》いさえしたんだ。僕は科学は好きだが、それ以上に友人である君が好きだ。フィレンツェに行くのはやめ給え、ガリレオ。

ガリレオ　採用してくれるなら、僕は行くよ。

（幕にガリレオの手紙の最後の頁《ページ》が映される）

「小生が発見いたしました新しい星に、メディチ家の崇高なお名前を付けさせて頂きました。それは、星座の名となって天に昇ることが、かつては神々や英雄にとって名誉でありましたが、この場合は逆に、メディチ家の崇高なお名前が、星にとって永久に記憶に残る名誉となることを、自覚致すればこそ、であります。そして、殿下の僕《しもべ》としてこの世に生を受けたことを最高の栄誉と考える数ある忠実恭順な臣下の一人として、小生を、殿下の御記憶に御とどめ頂きたいのでございます。小生のこの上なく切なる願いは、この時代を照らし出す、昇りゆく太陽となられる大公殿下のお側にお仕えしたい、ということにつきるのでございます。

ガリレオ・ガリレイ」

第4景

ガリレオはヴェネツィア共和国からフィレンツェの宮廷に乗り換えた。しかしその地の学界では、望遠鏡による彼の発見は信じてもらえなかった。

古きものは言う、
昔からそうだから今もそうだよ。
新しきものは言う、
よくないものなら消えてもらおう。

（フィレンツェのガリレオの家。サルティのおかみがガリレオの家の書斎でお客を迎える準備をしている。息子のアンドレアは座って星座表を片付けている）

サルティのおかみ　有名なフィレンツェにやって来れたのは幸せだったけどさ、しょっちゅう頭を下げたり、おべっか使ってばっかり。町中がこの筒眼鏡を見にやって来るからねえ、いつも床掃除をしなくちゃならないし。でも、それが何の役に立つのやら！　本当に意味のある発見なら、お坊様たちが真っ先に認めてくれそうなものじゃあないか。その昔に、フィリッポ司教様のところで四年間奉公したことがあるんだけどね、図書室を全部掃除するのも大変でねえ。天井まで革製の本がびっしり。しかも文学書などありゃしない。司教様は座って学問の本ばかり読んでいなさるもんだから、お尻には二ポンドもの大きなタコができちまって。そんな偉い方に分からないことがあろうはずもないじゃないか。だから、今日の大そうな御参観だって、恥さらしということになりかねない、明日はまた、牛乳屋の顔も、まともに見られなくなるかもしれないねえ。だから、お偉いさんたちを望遠鏡の前にお連れする前に、まずは素敵な夕食を、分厚い羊のステーキなんぞをお出ししたらって、先生にご忠告したのに、我ながら名案だって思ったんだけどさ、駄目だったわ。（ガリレオの真似をして）「もてなすものは、ほかにある」だって、さ。

（階下でノックの音がする）

サルティのおかみ　（窓の覗き穴から見る）大変だ、もう大公殿下がお着きになったわ。ガリレオ先生はまだ大学だっていうのに。

（彼女は階段を駆け下りて、トスカーナ大公コジモ・デ・メディチ[12]とその侍従長、二人の侍女を中に入れる）

コジモ　筒眼鏡が見たい。

12　ブレヒトは、一六〇九年に十九歳で第四代トスカーナ大公となったコジモ・デ・メディチ（一五九〇〜一六二一）をモデルにしている。ガリレオはその王子の時代に家庭教師をつとめ、一六一〇年から最初の数学教師兼哲学者としてフィレンツェの宮廷に仕えるようになった。年齢や年代は史実とは変えてあるようだ。

侍従長　どうか殿下、ガリレオ先生や他の大学の諸先生方がお見えになるまでは、我慢あそばしてください。（サルティのおかみに向かって）ガリレオ先生は、新たに発見なさったメディチ家の名前をつけられたあの星を、天文学の教授先生方に確かめてもらいたいと、お望みでしたよね。

コジモ　あの連中は、その筒眼鏡を全然信じていないんだよ。どこにあるの？

サルティのおかみ　上の書斎でございます。

（少年のトスカーナ大公コジモはうなずいて、階段の上を指し、サルティのおかみがうなずく。階段を駆け上がっていく）

侍従長　（かなりの老人である）殿下！　（サルティのおかみに向かって）上がっていかなきゃならんのかな？　御教育係が急病なもんで、私はその代理で来ただけなのじゃが。

サルティのおかみ　若君のことでしたら、ご心配いりませんよ。うちの息子が上におりますから。

コジモ （上の書斎に入って、そこにいるアンドレアに向かって）こんばんは。

（二人の少年はお互いにしゃちこばってお辞儀をする。間。そのあとアンドレアはまた自分の仕事に向かう）

アンドレア （自分の先生のガリレオによく似せた調子で）この家は先客万来なものですから。

コジモ お客がたくさん来るの？

アンドレア しかもうろつき廻って、けつまずいたり、あっけにとられたりするばっかりで、何にも理解できない連中ばっかり。

コジモ 分かるよ。これが例の……？（望遠鏡を指さす）

アンドレア そう、これさ。でも「触るべからず」だよ。

コジモ それなら、こっちのは？（彼はプトレマイオス体系の木の模型を指さす）

アンドレア それはプトレマイオスの模型。

コジモ 太陽がどう廻っているかを示しているんだよね？

アンドレア そうは言われているけど。

コジモ　（椅子に座って、それを膝に乗せて）僕の先生が病気になったんで、早く来ちゃったんだ。ここは居心地がいいね。

アンドレア　（落ちつかなげに、見知らぬ少年を不審のまなざしで眺めつつ、決心がつかない様子でうろうろ歩き廻っていたが、ついに誘惑に抵抗できなくなって、星座表の後ろからもうひとつの、コペルニクスの体系を示した木の模型を引っ張り出す）でも、もちろんこっちのが本当さ。

コジモ　こっちって何が？

アンドレア　（コジモの模型を指さして）そっちだと思われてるけど、（自分のほうをさして）こっちなんだよ。地球が太陽の周りを廻っているんだ。

コジモ　本当にそう思ってるの？

アンドレア　もちろんさ、証明されているんだ。

コジモ　本当？　僕がいま知りたいのは、僕がなぜ、あの教育係のおじいちゃん先生のところに行かせてもらえなくなったのか、ということなんだ。昨日はあの人はまだ、夜の食卓に座っていたんだからね。

アンドレア　僕の言うことは信じないみたいだね？

コジモ　信じるよ、もちろん。
アンドレア（とつぜんコジモの膝の上の模型を指さして）返せよ。君になんか分かりっこないんだから。
コジモ　君だってふたつは要らないだろう。
アンドレア　よこせってば。それは子供のおもちゃじゃないんだ。
コジモ　返したっていいけど、もう少し礼儀正しくしてくれたっていいじゃないか。
アンドレア　馬鹿相手に礼儀もへったくれもあるもんか。よこせ、さもないと一発くらわすぞ。
コジモ　手を離せよ。聞こえないのか。
（二人は取っ組み合いになり、そのうち床の上を転がり始める）
アンドレア　模型の扱い方を教えてやるから、降参しろ！
コジモ　壊れちゃったじゃないか。君が僕の手をねじるから。
アンドレア　どっちが正しくて、どっちが間違っているか、分からせてやる。地球が廻っていると言え、さもないとぶん殴るぞ。

コジモ　言うもんか。痛い、この赤毛め！　礼儀とは何かを教えてやる！
アンドレア　赤毛だと？　僕が赤毛だって？
（二人は黙ったまま取っ組み合いを続ける）
（下の階にガリレオと何人かの教授たち、その後にフェデルツォーニが登場）
侍従長　皆様方、殿下の教育係のスーリ氏がちょっとした病気のために、殿下に付き添ってこちらに伺うことができなくなりましたので。
神学者　悪い病気でないとよろしいが。
侍従長　大したことはございません。
ガリレオ　（がっかりして）大公殿下はお見えではないのですか？
侍従長　殿下は上におられます。どうか皆様方、ここにお立ちどまりになりませんよう。宮廷は、ガリレオ氏の比類なき器械と驚くべきあの新しい星に関しまして、高貴なる大学の皆様方がどのようにお考えになるのか、何より知りたいと願っておられますので。

（彼らは上にあがっていく）

（下の騒ぎに気付いた少年たちは静かになる）

コジモ　みんなが来るぞ。起こしてくれよ。

（二人は急いで立ち上がる）

学者たち　（上にあがっていきながら）いやいや、万事まったく大丈夫ですよ。――医学部は、旧市街の発病がペストの発生ではないときっぱり否定しましたからね。現在のこの気温では、立ちあがる毒気も凍りついてしまいましょう。――こういうときに一番困るのは、パニックですからなあ。――なあに、この季節にはよくある流行《はや》り風邪ですよ。――疑いの余地なしです。――万事まったく大丈夫。

（上の階についてから、挨拶し合う）

ガリレオ　大公殿下、小生は大学の教授諸賢に、殿下の拝謁のもと、新説をご披露する機会を許されましたことを、恐悦至極に感じるものであります。

（コジモは、儀礼的に四方に向かって、アンドレアに対してもお辞儀をする）

神学者 （床に、プトレマイオスの模型が壊れて転がっているのを見て）ここに何かが壊れているようですな。（コジモはすばやく身を屈めてその模型を拾うと、アンドレアに渡す。その間にガリレオはもうひとつの模型を気付かれないように隠す）

ガリレオ （望遠鏡の前に立って）殿下も、もちろんご存じのように、我々天文学者は、このところ計算に関しまして非常なる困難に陥っておりました。我々が使っている非常に古い体系は、哲学とは一致しましても、残念ながら、事実とは一致しないようにみえるのであります。この古い、プトレマイオスの体系では、天体の運行は極めて入り組んだものと考えられております。たとえば惑星の金星は、こんな動きをするのだと（黒板にプトレマイオスの体系における金星の周転円軌道[13]を描く）。しかしこんな難しい運動を想定しましても、天体の位置を予測できない。あるべき位置に天体が見つけられないのです。しかもプトレマイオスの体系ではおよそ説明がつかないような、天体の運行もあるのであります。小生があらたに発見致しました木星の周りの小衛星も、そのような運行をしているように思われるのであります。メディチ星と名付けましたこの木星の月の観察を、どうか皆様方、お始め下さいますよう。

アンドレア （望遠鏡の前の椅子を指さして） どうぞ、ここへお座りください。

哲学者 ありがとう、坊や。だが、どうもすべてはそう簡単にはいかないようですな。ガリレオ先生、あなたの有名な筒眼鏡にかかる前に、討論する楽しみをまずお願いしたい。テーマは、そのような惑星は存在し得るか。

数学者 形式論的討論の楽しみ、ですな。

ガリレオ この筒を覗いて下さりさえすれば納得していただける、と思っておりましたが。

アンドレア ここに、どうぞ。

数学者 確かに、確かに――いにしえの哲学者の考えによりますと、地球以外の別の

13 プトレマイオス体系に従って、それぞれの惑星が中心の地球の周りを大円の円周上に沿って回転するという想定の小円の軌道。

中心を廻る星も、天に支えをもたない星もありえない、ということはもちろん、あなたもご存じですよね。

ガリレオ　ええ。

哲学者　それに、この数学者先生が（数学者に会釈をする）疑義を呈しておられる、そのような星の可能性もさることながら、哲学者である私は、ひじょうに謙虚に、そのような星は必要か、という問いを提起したい。アリストテレス・ディヴィニ・ウニヴェルズム（神聖なるアリストテレスの宇宙像は）――。

ガリレオ　日常語で話を続けては頂けませんかな。私の同僚のフェデルツォーニ君は、ラテン語がわかりませんから。

哲学者　彼に我々の話がわかることが、重要なのですかな。

ガリレオ　ええ。

哲学者　失礼ですが。彼はあなたのレンズ研磨工なのだと思っていましたが。

アンドレア　フェデルツォーニさんは、レンズ研磨工で学者です。

哲学者　これはありがとう、坊や。もし、フェデルツォーニさんが、どうしてもと申されるのなら。

ガリレオ　私がそう申します。

哲学者　ラテン語でないと論証の輝きが失われてしまうのですがね。ま、いいでしょう、ここはあなたのお宅だから。——神聖なるアリストテレスの宇宙像は、神秘の音楽を奏でる天球、透明な水晶体の天の殻、天体の運行、太陽軌道の傾斜、秘密に満ちた惑星の位置、南半球の豊かな星座表、天球の明晰《めいせき》な構造、などなどを兼ね備えた、我々がその調和を壊すことなどためらわれるべき、完全なる美と秩序の体系であります。

ガリレオ　しかし殿下が、ありえないし、必要でもないその星を、いまこの望遠鏡で確認なさった場合には、どうでしょうか？

数学者　ありえないものを示すあなたの望遠鏡が、さほど信用できるものであるはずがないとお答えしたいですね。

ガリレオ　それはどういう意味ですか？

数学者　もしあなたが、ガリレオさん、不変の天球の最高の領域で星座が宙に浮きながら運動しているという仮定を抱《いだ》くにいたった論拠をおあげ下されば、そのほうがもっと有益なのではありませんか？

哲学者　論拠をお述べください、ガリレオ先生、論拠を。

ガリレオ　論拠？　ご自分の目でその星を見て、かつ私の記録がその現象を示していたら？　討論など馬鹿馬鹿しくなるでしょう。

数学者　あなたがこれ以上興奮なさらない保証があるのなら、こういう言い方もできましょうかな。あなたの望遠鏡にあるものと、天に存在するものは、別のものでもあり得ると。

哲学者　これ以上に丁重な言い方は不可能でしょうな。

フェデルツォーニ　我々がレンズに、メディチ星を描いておいた、と考えておられるんだ！

ガリレオ　私が詐欺をはたらいている、と非難されるのですか？

哲学者　どうしてそんなことができましょうぞ。殿下がおられるこの席で！

数学者　あなたのこの器械は、あなたの愛児《いとしご》、愛弟子《まなでし》といってもいい、ひじょうに巧妙に作られていることは、確かです、それは疑いない！

哲学者　それに、我々は確信しているんですがね、ガリレオ先生、その存在への疑念が完全には払拭《ふっしょく》されていないような星に、我々を統治するお家の尊いお名前をあえて付けるなどということは、あなたも他の誰も、なさることはできないでしょう。

（一同はコジモ大公の前に深々とお辞儀をする）

コジモ（侍女たちのほうを振り向いて）僕の星に何か不都合なことがあるのか？

年配の宮廷侍女（大公に向かって）殿下の星には、不都合なことはございません。あの方たちがお尋ねなのは、ただその星が、実際にも本当に存在しているかどうか、ということでございます。

（間）

若い宮廷侍女　この器械でなら、大熊座の爪まで全部見えるのだそうでございますよ。

フェデルツォーニ　そうです、牡牛座だってみんな見えるんです。

ガリレオ　皆さん方は、いったいご覧になるのですか、ならんのですか？

哲学者　見ますよ、見ますとも。

数学者　見ますとも。

（間。突然、アンドレアがくるりと背を向けて、身体をこわばらせて部屋を横切って出ていこうとする。彼の母親が彼をつかまえる）

サルティのおかみ　お前、どうかしたの？

アンドレア　こいつらは馬鹿だよ。（身をふり離して、駆け去る）

哲学者　嘆かわしい子供だ。

侍従長　殿下、皆様方、宮廷舞踏会が四十五分後には始まることをお忘れなきよう。

数学者　なぜ、卵踊りのような面倒なことをやる必要があるのでしょう。そのうちガリレオ先生も、真実と折り合いを付けなければならなくなりますよ。彼の木星の衛星は、透明な天の殻まで突き破ってしまうらしいですからねえ。単純な話です。

フェデルツォーニ　驚かれるでしょうが、天の殻なんてものも存在しないのです。

哲学者　どんな教科書にだって、天の殻は存在すると書いてありますよ、君。

フェデルツォーニ　だったら、新しい教科書をつくらなければ。

哲学者　殿下、我が尊敬すべき同僚と私が論拠としておりますのは、あの神聖なアリストテレスその人の権威に他ならないのであります。

ガリレオ （殆《ほとん》どへりくだって）皆様方、アリストテレスの権威を信じることと、事実を手でつかむということとは、別のことでございます。アリストテレスによれば、天には透明な殻が存在するといいます。それゆえ、その殻を突き破るような天体の運行はありえないとあなた方はおっしゃる。しかし、そういった運行を実際に確認できるとしたら、どうなのでしょう？　その事実は、透明な天の殻などというものは存在しないということを、皆さんに物語るのではございませんか？　どうか皆様方、ご自身の目をお信じ下さるよう、伏してお願い申し上げます。

数学者 ガリレオさん、あなたにはいくら時代遅れに見えようと、私は折にふれてアリストテレスをひもといております。ですから、私が自分の目を信用していることとは、保証できるのではないですか。

ガリレオ すべての学部の教授たちが、いっさいの事実に目を塞《ふさ》ぎ、まるで何事も起こっていないかのように振る舞うのに、私は慣れております。私が記録を見せると、薄笑いを浮かべ、納得してもらおうと望遠鏡を用意すると、アリストテレスを引用する。アリストテレスの時代には、望遠鏡はなかったのですよ！

数学者 そりゃなかったですよ、もちろんね。

哲学者　（居丈高に）ここでアリストテレスが冒瀆《ぼうとく》されるのならば、また古代の全学問のみならず、教会の最高権威そのものが承認してきたあの権威が、汚《けが》されるのならば、いずれにせよ、この討論の継続は無意味でしょう。客観性のない議論は、ご免蒙《こうむ》る。打切りです。

ガリレオ　真理とは、時代の子供であって、権威の子供ではありません。無知は限りなく大きいのですから、一立方ミリメートルずつでも、取り除いていくしかない！　やっと少しだけ、それが可能だというときに、何でそんなに見識ぶろうとされるのか！　私がこの器械を手に入れられたのは、信じられないほどの幸運なのです、これで宇宙の端っこも、沢山《たくさん》ではないとしても、少しは近くに見られるようになったのですから。これをどうぞ、ご利用ください。

哲学者　殿下、皆様方、私が考えているのはただ、こういったことがどういう結果をもたらすか、ということであります。

ガリレオ　小生の考えを申し上げれば、科学者である我々は、真理がどういう結果をもたらすか、問う必要はないということです。

哲学者　（荒々しく）ガリレオさんよ、真理は我々をとんでもない方向に導くかもしれないのですぞ！
ガリレオ　殿下。昨今ではイタリア中で、夜な夜な望遠鏡が、空に向けられております。木星の月は、牛乳の値段を下げてはくれないでしょう。しかしこれは、未《いま》だ人々の見たことのないもので、しかし、たしかに存在しているのです。そこから普通の人たちが、目を開きさえすればもっと沢山のものが存在しているかもしれない、という結論を引き出しています！　あなた方には確認する義務があるのです！　イタリア中が耳をそばだてているのは、遠くのいくつかの星の運行についてではなく、揺るぎないと思われてきた理論が揺らぎ出した、という知らせなのですよ。しかもその証拠には事欠かないということも、誰もが知っている。皆様方、揺らぎ出した理論を弁護するのは、もうやめにしましょう！
フェデルツォーニ　教授であるあなた方は、理論を揺るがせる仕事をこそ、なさるべきでしょうに。
哲学者　あなたの使用人風情《ふぜい》に、学問的討論への忠告などして欲しくはないものですな。
ガリレオ　殿下！　小生はヴェネツィアの造兵廠で、毎日、製図工や建築技師、機械工たちといっしょに仕事を致しました。こういう人たちが、私にいろいろな新しい道を教えてくれたのです。本は読まないが、自分の五感が確かめたことを信頼し、ですからたいていの場合、その確認がどんな結果をもたらすかということなど、恐れてはいない……。

哲学者　ほほう！

ガリレオ　百年前の我らの船乗りたちによく似ています、彼らもどんな岸辺に辿《たど》り着くのか、そもそも辿り着く岸辺があるのかも分からないまま、大海に乗り出していったのですから。古代ギリシアの真髄とでもいうべき、あの栄《は》えある好奇心を見つけるためには、今日では造船所に行ったほうがよさそうですな。

哲学者　お説を伺って、もはや疑いの余地はなくなったようですな、ガリレオ氏は造船所にならお崇拝者をおもちらしい。

侍従長　大公殿下、恐れ多くも申し上げさせて頂きます、きわめて教育的な会話ではございますが、少し長引きすぎているようで。殿下には、宮廷舞踏会の前に少しはご休息も必要か、と。

（合図にしたがって、大公はガリレオに会釈する。宮廷の一行は急いで立ち去ろ

うとする）

サルティのおかみ（大公の行く手をさえぎって、クッキーの入ったお皿を差し出す）クッキーは如何ですか、殿下？

（年配の宮廷侍女が大公を連れ出す）

ガリレオ（後を追いながら）皆様方、ほんとうにこの器械を覗いて下さるだけでいいのですよ！

侍従長　大公殿下は、あなたの主張に関しましては、現存では最高の天文学者であるローマ教皇庁の天文台長、クリストファー・クラヴィウス神父[14]のご意見を徴されることを、怠りなくされると思いますから。

14　クリストファー・クラヴィウス神父（一五三八〜一六一二）はドイツ出身の天文学者で、ガリレオの発見の検証をローマ学院で主導した。実際にこの検証はフィレンツェ宮廷ではなく、教皇庁のローマ学院長ベラルミーノ枢機卿からの委託だった。

第5景

ペストの蔓延《まんえん》にも屈することなく、ガリレオは研究を続ける。

5—a

フィレンツェのガリレオ家の書斎。早朝。ガリレオは望遠鏡を覗きながらメモをとっている。

ヴィルジーニアが旅行鞄をもって入ってくる。

ガリレオ　ヴィルジーニア！　何かあったのかい？

ヴィルジーニア　私の修道院が閉鎖されてしまったの、すぐに家に帰れって。あそこのアルチェトリの村では、ペスト患者が五人も出たのよ。

ガリレオ　（叫ぶ）サルティのおかみさん！
ヴィルジーニア　ここの市場の通りも、昨夜《ゆうべ》から通行止めになっているわ。旧市内では死者が二人出て、三人が病院で死にかけているんですって。
ガリレオ　奴らは今度も、最後の土壇場まですべてを隠していたわけか。
サルティのおかみ　（入ってきて）どうしてここにいるの？
ヴィルジーニア　ペストが出たのよ。
サルティのおかみ　そりゃ大変だ。荷物をまとめなきゃ。（へたりこむ）
ガリレオ　荷物はいいから。ヴィルジーニアとアンドレアを連れて行っておくれ！私は記録の書類をまとめなきゃ。（急いで机に戻り、大慌てで書類を整理する）
（サルティのおかみは駆け込んできたアンドレアに外套を着せ、シーツと食料をいくらかとってくる）

15　フィレンツェ郊外にある聖オルソラ修道院の所在地で、ガリレオの娘ヴィルジーニアはここの修道女になっていた。そこでもペスト患者が出たので閉鎖になって帰宅命令が出た、ということだ。

（大公の従僕が入ってくる）

従僕　大公殿下は、蔓延している伝染病を避けるために、この町を出てボローニャ方面へ向かわれました。しかしガリレオ先生にも身の安全をはかる配慮をせよとの、殿下の強いご要望でしたので。二分後には、馬車がここにお迎えに参ります。

（退場）

サルティのおかみ　（ヴィルジーニアとアンドレアに向かって）すぐに外に出て。さあ、これを持って行って！

アンドレア　でもどうして？　理由を言ってくれなきゃ行かないよ。

サルティのおかみ　ペストが出たんだよ。

ヴィルジーニア　お父さまを待たなくっちゃ。

サルティのおかみ　ガリレオ先生、用意は整いましたか？

ガリレオ　（望遠鏡をテーブルクロスに包みながら）ヴィルジーニアとアンドレアを馬車に乗せておくれ！　私もすぐに行くから。

ヴィルジーニア　駄目よ、お父さまも一緒に行かなくっちゃ。本の荷造りを始めたら、いつまでも終わらないんだもの。
サルティのおかみ　馬車が来ましたよ。ヴィルジーニア、
ガリレオ　冷静になってくれよ、ヴィルジーニア、早く乗らないと馬車が行ってしまうぞ。ペストってやつは大ごとなんだからな。
ヴィルジーニア　（サルティのおかみがヴィルジーニアとアンドレアを外に連れ出そうとするのに抵抗しながら）本の荷造りを手伝ってあげて、ほっとくと一緒に来ないわよ。
サルティのおかみ　（家の戸口のところで叫ぶ）ガリレオ先生、御者が、待つのはいやだって言ってますよ。
ガリレオ　サルティのおかみさん、私はやはり、行くべきじゃないと思うんだよ。何もかもまだ整理がついていないし。ほら、この三カ月の記録だって、あと一晩か二晩続けなかったら紙屑《かみくず》同然になってしまう。それにこの疫病だって、どうせそこらじゅうに広がっているんだし。
サルティのおかみ　ガリレオ先生！　さあ、早く来て！　気でも狂ったんですか？
ガリレオ　ヴィルジーニアとアンドレアを連れていっておくれ。私は後から行くから。
サルティのおかみ　一時間もしたら、誰もここから出られなくなるんですよ。いま行

かなきゃ駄目！（聞き耳をたてて）あら、馬車が行っちまうよ。止めなくっちゃ。

（退場）

（ガリレオは行ったり来たりしている。サルティのおかみが青ざめた顔で荷物をもたずに戻ってくる）

ガリレオ　どうして戻ってきた？　子供たちを乗せた馬車は行ってしまったんだろう？

サルティのおかみ　行っちまいましたよ。ヴィルジーニアは行かなきゃならなかった。ボローニャで子供たちの世話をする人が必要ですからね。でも、あなたの食事のお世話は誰がするんですか？

ガリレオ　気は確かか、私の食事の世話のためにこの町に残るなんて！……（記録書類を手に取って）サルティのおかみさん、私のことを馬鹿だと思わんでくれ。これらの観察記録を放り出すわけにはいかんのだよ。手強い敵がいるんだから、主張を通すための証拠を集めなきゃならんのだ。

サルティのおかみ　私に弁解なさる必要はありませんけどね。でも、普通じゃあありませんよ。

5—b

フィレンツェのガリレオの家の前。ガリレオが出てきて通りを見渡す。二人の修道尼が通り過ぎる。

ガリレオ (二人に話しかける)シスター、どこでなら牛乳が買えるかを、教えて頂けませんか? 今朝は牛乳配達が来なかったし、うちの家政婦もいなくなったもんでね。

修道尼の一人 もう店が開いているのは、下町だけですよ。

もう一人の修道尼 あなたはこの家にいらっしゃるの? (ガリレオがうなずく)この通りのこの家に?

(二人の修道尼は十字を切ると、ぶつぶつお祈りをつぶやいてから、走り去る。一人の男が通りかかる)

ガリレオ (その男に話しかける)あなたはうちにパンを配達してくれているパン屋さ

んですよね。（男がうなずく）うちの家政婦を見ませんでしたか？　昨晩出かけたらしいんですよ。今朝から姿が見えないもんで。

（男は首を横に振る。向かい側の家の窓が開いて、女が顔を出す）

女　（叫ぶ）お逃げなさいな！　その家からペスト患者が出たんだから！

（男はびっくりして走り去る）

ガリレオ　うちの家政婦のことをご存じじゃないですか？

女　あなたの家政婦さんなら、あの向こうの通りでぶっ倒れちまったんですよ。きっと自分でわかっていたんだろうねえ。だから家から出ていったんだ。思いやりのないお人だよ！（女は窓をバタンと閉める）

（子供たちが通りをやってくるが、ガリレオを見ると、叫び声をあげて走り去る。ガリレオが向きをかえると、二人の兵士がよろい姿で走ってやってくる）

兵士たち　すぐに家に戻れ！（長い槍《やり》でガリレオを家の中に押し入れると、家の扉に板

を打ち付けてしまう)

ガリレオ (窓のところで)うちの家政婦のことを、教えてくれんかね?

兵士たち 患者はみんな、慈善病院行きだ。

女 (窓から顔を出して兵士たちに)あそこの裏通りは疫病が蔓延しているのに、なんで立ち入り禁止にしないのさ?

(兵士たちは通りにロープを張る)

女 それじゃあ、誰もうちに入れなくなっちまうじゃないか! ここは封鎖しなくたっていいんだよ。まだみんな、元気なんだから。ちょっと、ちょっと! お待ちよ! うちの亭主は町にでかけてるんだ、帰って来ても、うちに入れないじゃないか! このけだもの、けだもの! (家の中から女の泣き喚く声が聞こえる。兵士たち退場。別の窓から老婆が顔を出す)

ガリレオ 裏手で火事が出たようですな。

老婆 ペストの疑いがあるとこにゃ、火消しも来てくれやしない。誰もペストのことしか考えないのさ。

ガリレオ　いかにも奴らのやりそうなことだ！　これが彼らの政治のやりかたなんですよ。実をつけなくなったイチジクの病気の枝みたいに、私らを切り捨てる。

老婆　そんな風に言うもんじゃないよ。お上だって、どうすりゃいいのか分からないのさ。

ガリレオ　この家にお一人かね？

老婆　そう。息子が伝言をよこしたんだよ。この裏手で死人が出たって。幸いに昨夜のうちに聞いたもんだから息子はもう帰っちゃ来ないんだって。この界隈で、一晩に十一人もの患者が出たんだよ。

ガリレオ　うちの家政婦をもっと早く避難させてやればよかったと、私は我が身を責めているんだ。私には緊急の仕事があったけど、彼女はここにいるいわれはなかったんだし。

老婆　私らには、もう避難は無理だ。誰も引き取っちゃくれないよ。あなたもご自分を責めることはない。あの人なら見ましたよ。今朝早く、七時頃だったが、その家から出ていった。病気にかかったんだね、私がパンを取りに戸口に出たら、私を見てよけて通っていったもの。あなたの家が立ち入り禁止になったら大変だ、と思ったんだよ。だけどお上は何でもかぎつけてしまうから。

（鳴子の音が聞こえる）

ガリレオ あれは何だろう？

老婆 あの音でペストの素《もと》がつまった雲を追い払おうとしているんだよ。

（ガリレオが大声を出して笑う）

老婆 この期《ご》に及んでも笑えるなんて！

（ひとりの男が通りにやってきて、ロープで立ち入り禁止になっているのに気付く）

ガリレオ おーい、ちょっと！ ここは立ち入り禁止になっているんだけど、この家には何にも食べるものがなくってね。

（男はさっと逃げ去ってしまう）

ガリレオ ここで飢えている男を見殺しにするのか！ おーい、おーい！

老婆　たぶん何か持ってきてくれますよ。持ってきてくれなかったら、夜中になってからだけど、あたしが牛乳の壺《つぼ》を戸口に置いといてあげよう、おいやでなかったらね。

ガリレオ　おーい、おーい！　聞こえているはずなんだけどなあ。

（ロープのところに突然アンドレアが立っている。泣き腫《は》らした顔をしている）

ガリレオ　アンドレア！　どうして戻ってきたんだ？

アンドレア　今朝早くにもここに来たんだよ。ノックしたけど、開けてくれなかった。みんなの噂を聞いて……。

ガリレオ　お前は馬車に乗って行ったんじゃなかったのか？

アンドレア　うん。でも途中で飛び降りたんだ。ヴィルジーニアさんは乗って行っちゃったけどね。入ってもいい？

老婆　駄目だ、入れないよ。あんたも聖オルソラ修道院の慈善病院に行きなさい。たぶんお母さんもそこにいるから。

アンドレア　もう行ってみたよ。でも会わせてもらえなかった。ひどく悪いらしいんだ。ずっと歩いてきたのか？　お前が発ってから、もう三日も経《た》ってるぞ。

アンドレア 責めないでよ、それだけかかったんだもの。一度つかまっちゃったし。

ガリレオ （途方にくれて）もう泣くんじゃない。私はこの間に、いろんなことを発見したんだよ。聞きたいかい？

（アンドレアはすすり泣きながらうなずく）よーく注意して聞くんだよ、でないと、分かりにくいからね。君に金星を見せてあげたことがあったよね、覚えているかい？　あんな鳴子の音なんか聞くんじゃない、くだらん代物だ。思い出したかい？　そこでだ、私が何を見たか？　金星も月と同じなんだよ！　半月になったり、三日月になったり。君ならどう説明するかい？　私なら、小さな球とあかりがあれば、すべて説明できる。つまり、この惑星も、自分では光を持っていないという証明だ。金星も、単純な輪を描いて太陽の周りを廻っている。どうだ、すごいだろう？

アンドレア （すすり泣きながら）本当、事実だものね。

ガリレオ （小声で）私が、お母さんを引きとめたわけじゃないんだよ。

（アンドレアは黙っている）

ガリレオ　だがもちろん、私がここに残らなかったら、こんな発見もできなかっただろうが。

アンドレア　今度こそ、奴らも先生の言うことを信じないわけにはいかないね？

ガリレオ　すべての証拠を集め終えたんだ。いいかい、ここのこの騒ぎが収まったら、私はローマに行って、奴らにそれを示してやる。

（二人の覆面をした男が、長い棒とザルをもって通りに入ってきて、棒の先にパンを吊《つ》るし、ガリレオと老婆の家の窓の中にパンを置く）

老婆　あっちの家には、三人の子供とおかみさんが住んでいるから、そこにも何か届けてやっておくれ！

ガリレオ　飲み物もないんだよ。この家には水がないんでね。（二人は肩をすくめる）明日も来てくれるかい？

男　（覆面をしているのでくぐもった声で）明日がどうなるか、今日わかるわけないさね。

ガリレオ　今度来るときは、私の仕事に必要な本も届けてもらえないかね？

男　（あいまいに笑って）この段になっても、本のほうが大事みたいじゃないか。パンが貰《もら》えるだけでも有り難く思うんだな。

ガリレオ　でもそこにいる私の教え子の男の子がいっしょに行って、君たちにその本を渡せるんだがね。水星の運行周期の図表だ。アンドレア、置き忘れたんだよ、学校から取って来てくれるかい？

（男たちはとっくにいなくなっている）

アンドレア　いいよ、ガリレオ先生、とってきますよ。（退場）

（ガリレオも引っ込む。向かいの家から老婆が出てきて、ガリレオの家の前に牛乳の壺を置く）

第6景

一六一六年、ヴァチカン教皇庁の学問研究所であるローマ学院が、ガリレオの発見を確認する。

こんなことは滅多にないこと、
学者たちが学ぶことを始める。
神の僕《しもべ》クラヴィウス神父が、
ガリレオの説の正しさを認める。

（ローマのローマ学院の大広間。夜。高位の聖職者たち、僧侶、学者たちが群れをつくっている。ガリレオが脇のほうに一人でぽつんと立っている。浮かれた雰囲気。この場面が始まる前から大きな笑い声が聞こえている）

太った高僧（笑いで腹をおさえながら）ああ馬鹿馬鹿しい、愚かしや。誰か、わしにとても信じられんような命題を、聞かせてくれんかね。

学者1 たとえば、こういうのは如何でしょう、「高僧殿、あなたはご馳走に対しては、如何《いかん》ともしがたいほどの嫌悪感をおもちです」というのは？

太った高僧 それは信じられるよ、信じられる。信じられないのは理にかなったことだけじゃ。悪魔の存在、これは疑える。だが、溝《みぞ》に落ちたビー玉のように、大地がくるくる廻っているというのは、信じられるというわけだ。おお、サンクタ・シンプリキタス「高貴なる単純さよ！」

僧侶1（喜劇っぽいしぐさで）ああ目が廻る。地球［大地と地球は同じ女性名詞Erde］があんまり早く廻りすぎるもんで。かたじけないが、あなたの肩につかまらせて頂きたい、教授殿。（よろめくふりをして学者の肩につかまる）

学者1（いっしょに芝居をしながら）ほんとに、この地球って老婆は、今日もまたぞ

ろ、酔っ払っちまいやがって。（別の男の肩につかまる）

僧侶1　止まれ、地球よ、止まれ！　私らが滑り落ちちゃうじゃないか。止まれって言っておるのに。

学者2　金星のヴィーナスさんはもうだいぶ沈んでしまわれましたな。お尻の半分しか見えませんぞ。[16]くわばら、くわばら！

（僧侶たちは一団になって、大笑いしながら、嵐にあった船から振り落とされないようにもがく格好をする）

僧侶2　月まで振り飛ばされなければよろしいが！　ご同輩、月にはひどくとがった山の頂きがあるらしいですからな！

学者1　しっかり足を踏ん張るのですぞ。

僧侶1　それに、下を見ないこと。私は高所恐怖症でしてな。

太った高僧　（わざとガリレオのほうに向かって）信じられん、ローマ学院の中で、めまいがするとは！

（大哄笑。後ろの扉が開いて、ローマ学院の二人の天文学者が登場。急に静かになる）

僧侶3 まだ調査中ですか。こりゃ、スキャンダルだ！

天文学者1 （怒った風で）我々はやめました！

天文学者2 どうなってしまうことやら。私にはクラヴィウスが理解できない……。この五十年間に主張されてきたことを、みんな真に受けてしまうなんて！　一五七二年には、一番上の第八層の天の殼、つまり恒星の天の殼で新しい星が輝きだし、他の隣接する星々よりもずっと大きく明るくなって、それが一年半もたたないうちにまた消えてなくなってしまったという。とすれば、天の永久不変性というものはどうなるのかが、問題でしょうに。

哲学者 許しておけば、奴らは我々の星座をぜんぶ破壊しちまいますよ。

16　金星ヴィーナスを愛の女神ヴィーナスにかけて、金星の満ち欠けの話を美女のお尻にたとえてからかっている。

天文学者1　その通り、どうなることか。五年後には、そのデンマーク人のティコ・ブラーエ[17]は、箒星《ほうきぼし》の軌道を確定したんですがね。その軌道は月の上で始まって、天の殻の八つの層を、動く天体を物理的に支えているあの天の殻の層を次々に打ち破っていく、というんですよ！　箒星は何の抵抗も受けず、光を屈折させることもなかった、と。とすれば、天の殻はどこにあるのか問題となる。

哲学者　それは想定外のことだ！　イタリアと教会の最高の天文学者であるクリストファー・クラヴィウス神父が、そもそもどうしてそんなことを調査するんですかね？

太った高僧　こりゃスキャンダルです！

天文学者1　しかし彼は調査しているんですよ！　こもりっきりで、悪魔の筒を覗いている！

天文学者2　プリンキピース・オプスタ（悪いものは芽のうちに摘み取らねばならぬ）。

間違いのそもそもの始まりは、我々が太陽年の長さや、日蝕、月蝕の日付、天体の位置などを、異端者であるコペルニクスの図表に従って、ずっと計算してきたことにあるのですよ。

僧侶4 日蝕が暦より三日遅くなるのと、永遠の至福を失ってしまうのと、どちらがいいのか、ということですな。

ガリガリに痩せた僧侶 (聖書を開いて前に進み出て、ある個所を指で差しながら熱狂的に) 聖書のここには何と書いてあるか? 「太陽よ、ギベオンの上にとどまれ、月よ、アヤロンの谷にとどまれ!」[18]。異端者どもの言うように、太陽がそもそも廻っていなかったら、とどまることもできんでしょうに? 聖書は嘘を言っているというのかねえ?

天文学者1 いいえ、だからこそ我々はもう帰るのです。

天文学者2 我々天文学者に難題をさしだすような現象は、存在します。だが人間は、すべてを理解しなければならんのでしょうか? (二人は退場)

17 デンマーク人の天文学者ティコ・ブラーエ(一五四六~一六〇一)は、一五七二年に新星を発見し、それが恒星に属するので、「透明な天の殻」の存在に疑義を呈した。

18 旧約聖書「ヨシュア記」第十章十二。ガリレオが地動説を唱えたことが、聖書の文言に抵触したためとされている。

ガリガリに痩せた僧侶　人類の故郷を、奴らは遊星のひとつにしてしまいおる。人間、動物、植物の存在するこの地上の王国を荷車に乗せて、からっぽの天にくるくるとほうり投げる。彼らによれば、天と地はもはや存在しない。大地は星の一つにすぎないから、存在しないし、天はたくさんの地球から成り立っているから、存在しない、というわけです。上と下、永遠なるものと移ろいゆくものの区別もない。我々が移ろいゆくものであることは分かっておる。だが彼らは、天もまた移ろいゆくものと言い始めておる。太陽と月と星と我々は、この大地の上にあると言われてきたし、そう書かれてもいるのに。だがいまや彼らによれば、大地も星のひとつなのですぞ。星しか存在しないと！　そのうち奴らが人間や動物も存在しない、人間そのものが動物であって、動物しか存在しないのだ、と言い出す日も来るでしょうよ！

学者1　（ガリレオに向かって）何かを落とされましたよ。

ガリレオ　（長広舌の間にポケットから石を取り出し、それをもてあそんでいたが最後に床に落としてしまい、かがんでそれを拾いあげながら）これは落ちたんではなく、高僧殿、あがったのですよ。

太った高僧　（振り向いて）破廉恥《はれんち》な男だ。

（ヨレヨレに年取った枢機卿が僧侶に支えられて入ってくる。人々は彼に恭《うやうや》しく道をあける）

ヨレヨレに年取った枢機卿　まだ彼らは中にこもったままですか？　こんな些細なことには、さっさとけりがつけられそうなもんだろうに。クラヴィウスだって、天文学というものを心得ておろうに！　聞けば、ガリレオとやらが、人間を宇宙の中心からどこかのすみっこに追っ払ったそうじゃが。とすれば、彼はあきらかに人類の敵じゃ。そういうものとして、扱わなきゃならん。人間が万物の霊長、神の最高最愛の被造物であることは、子供でも知っておる。それほどの傑作、それほどの努力の結晶を、神が、遠くのちっぽけな、どんどん遠ざかっていく星に住まわせたりなどなさいますかな。神のお子をどこか遠くに追いやるのか。計算表の奴隷となった連中を信用するなどというおかしな人間がいようはずもない。神の被造物たるもの、こんなことに平気でいられましょうか。

太った高僧　（やや声を高めて）そのご仁はここにおいでで。

ヨレヨレに年取った枢機卿　（ガリレオに向かって）そうか、あなたがそのご仁か。私はもう目がよく見えんのじゃが、それでもかつて火あぶりにした男、何という名前じゃったか、その男に、あなたがひどく似ておるのは、みてとれますぞ。

つきそいの僧侶　猊下《げいか》、興奮なさいませんよう。医者が申しますに……。

ヨレヨレに年取った枢機卿　（その言葉をさえぎってガリレオに）あなたはご自分が住み、その恩恵を受けているこの大地を、おとしめようとしておる。自分の住み処を汚しておる！　だがすくなくともこの私は、黙認なんぞしませんぞ。（僧侶を押し退《の》けると、誇らしげに大股《おおまた》で歩きまわる）私はいっとき、どこぞを回転する、どこぞの星のなんらかの生物なんぞじゃあない。確固とした大地を確固とした足取りで歩いておる。その大地は、万物の中心として静止し、私はその真ん中に居て、創造主のまなざしはこの私に、私だけに注がれておるのじゃ。その私の周りを、八つの透明な天の殻に固定されて、恒星と、我が周りを照らすために創られた強力な太陽が回転しておる。神に私が見えるようにと、私をも照らしておるのじゃ。そのくらい否定できぬほど明々白々に、すべては、人間であるこの私に関わっておる。神の努力の結晶、中心に居る被造物、神の似姿、けっして移ろわず、そし

て……。(くずおれる)

つきそいの僧侶　猊下、ご無理が過ぎましたよ!

(この瞬間に後ろの扉が開いて、配下の天文学者たちを引き連れた大クラヴィウスが入ってくる。彼は脇目もふらずに黙ったまま、足早に広間を横切り、出口のところまで来てから、やっと一人の僧侶に話し掛ける)

クラヴィウス　彼の言うとおりだったよ。(天文学者たちを従えて退場)

(後ろの扉は開いたまま。死のような静けさ。ヨレヨレに年取った枢機卿がようやく我に返る)

ヨレヨレに年取った枢機卿　どうした? 決定がくだったのか?

(誰も彼にそれを伝える勇気がない)

つきそいの僧侶　猊下をお宅にお連れしなければ。

（人々が老人を助けて外に連れ出す。全員、取り乱したまま、広間を立ち去る。クラヴィウス調査委員会のメンバーの一人である平修道士が、ガリレオのそばで立ち止まる）

平修道士　（そっと）ガリレオさん、クラヴィウス神父は立ち去る前にこう言われました、「今度こそ、神学者たちも、天の軌道をどう修正したらいいのか分かるようになるだろう」と。あなたの勝利です。（退場）

ガリレオ　（彼を引き止めようとして）そうじゃない！　勝ったのは私ではなく、理性ですよ！

（平修道士はもう立ち去っている。ガリレオも立ち去る。出口のところで入ってくる背の高い僧侶に出くわす。異端審問所長官の枢機卿である。一人の天文学者がつきそっている。ガリレオは会釈をする。出てゆく前にガリレオは、戸口にいる門衛に小声で何やら質問をする）

門衛　（ささやき返して）枢機卿猊下ですよ、異端審問所長官の枢機卿猊下です。

（天文学者が異端審問所長官の枢機卿を、望遠鏡のところへ案内していく）

第7景

しかし異端審問所はコペルニクスの理論を禁書目録に載せる（一六一六年三月五日）。

ガリレオはローマで、
ある枢機卿の館の客となった。
宴会のご馳走やワインでもてなされ、
ちょっとした要請も託された。

（ローマのベラルミーノ枢機卿[19]の館。仮面舞踏会が進行中である。ホール入口の控えの間で二人の僧侶の書記がチェスを指しながら客の記帳をしている。そこにガリレオが登場して、仮面をつけた紳士淑女の一団に拍手で迎えられる。娘のヴィルジーニア、婚約者となったルドヴィーコ・マルシーリも一緒である)

ヴィルジーニア 私は他の人とは踊らないわよ、ルドヴィーコ。

ルドヴィーコ 肩のストラップがずれてるよ。

ガリレオ 「舞姫タイスよ[20]、ちょっとずれた胸当ては、直さないでおくがいい。ちょっと乱れていたほうが、

19 ローマのベラルミーノ枢機卿は、教皇の命でガリレオに「コペルニクスの理論が禁書になった」ことを伝えるべく、館での宴に招待し、要請＝警告を発した。この宴に同席したバルベリーニ枢機卿は後に教皇ウルバヌス八世(在位一六二三～四四)となり、一六三三年にガリレオ裁判を行った。

20 タイスはアレクサンダー大王のお付きの、古代ギリシアの伝説的な高級娼婦の名前。この詩はブレヒト作か?

私にも他の人にもこたえられない刺激なのだよ。
人の群れつどう大広間の華燭のなかでさえ、
待ち人のいる庭園の暗い場所のことを
思い描くのを許してもらえるのだから」

ヴィルジーニア　胸に触ってみて。
ガリレオ（手を彼女の胸に当てて）どきどきしているよ。
ヴィルジーニア　私、綺麗に見えるといいけど。
ガリレオ　そう願いたいね。でないと連中はまた廻っていることを疑いだすからな。
ルドヴィーコ　彼女は廻ってなんかいませんよ。（ガリレオは笑う）ローマ中があなたの噂でもちきりです。今夜からはあなたのお嬢さんのことも話題になるでしょうけど。
ガリレオ　春のローマでは美しく見えるのも簡単だそうじゃないか。この私だって美少年アドニスのように見えるんじゃないかね。（書記に向かって）ここで枢機卿をお待ちするようにとのことだ。（若いカップルに）お前たちは先に行って楽しみなさい！

（二人は奥の舞踏会ホールのほうに向かうが、ヴィルジーニアがもう一度駆け戻ってくる）

ヴィルジーニア お父さま、デル・トリオンフォ通りの髪結いのお店では、四人もお客さんを待たせておいて私を先にやってくれたのよ。お父さまの名前が知られているからよ。（去る）

ガリレオ （チェスを指している書記たちに）何であいかわらず古いスタイルのチェスをやっているんだ？　狭い、狭い。いまはこうやるんだよ、強い駒は枡目をどんどん飛び越していける。城《ルーク》はこう（やってみせる）、僧正《ビショップ》はこう、女王《クイーン》はこうだ。これだと空間がひろがって、いろんな手がうてる。

書記1 それだと我々の給料ではついていけないですよ。我々に指せるのはせいぜいこの程度です。（小さな動きをしてみせる）

ガリレオ 逆だよ、君、逆なんだよ！　大きな動きをすれば、実入りもそれだけ大きくなる。時勢にはのらなくっちゃあ、君たち。岸辺だけでなく、大海《おおうみ》にのりだすんだよ。

（第6景のヨレヨレに年取った枢機卿がつきそいの僧侶に支えられて舞台を横切る。彼はガリレオを見てそばを通り過ぎるが、不安に駆られて振り向き、会釈をする。ガリレオは腰を下ろす。舞踏会ホールからはボーイソプラノで歌われるロレンツォ・デ・メディチ[21]の「移ろいやすさ」を唱った詩の冒頭のところが聞こえてくる）

「われ、薔薇の滅びゆき
その葉もしおれて
冷たき大地に色褪《あ》せるを見て、
青春の奢《おご》りの虚《むな》しきを悟れり」

ガリレオ　ローマか——大宴会だね。
書記1　ペストがおさまった後の最初の謝肉祭《カーニヴァル》ですからね。今夜はイタリア中の名門の勢ぞろいですよ。オルシーニ家、ヴィラーニ家、ヌッコリ家、ソルダニエリ家、カーネ家、レッキ家、エステンシ家、コロンビーニ家……。

書記2 （それをさえぎって）猊下のおいでだ、ベラルミーノ枢機卿とバルベリーニ枢機卿です。

（ベラルミーノ枢機卿とバルベリーニ枢機卿が登場。二人はそれぞれ柄《え》のついた羊の仮面と鳩の仮面を顔につけている）

バルベリーニ （人差指でガリレオをさしながら）「太陽は昇り、沈み、そして自分の場所へとかえっていく[22]」、そうソロモンは言っていますが、ガリレオ氏ならどう言われますかな？

21　ロレンツォ・デ・メディチ（一四四九〜九二）。二十歳でフィレンツェのメディチ家当主となり、フィレンツェを芸術の都とし、黄金時代をもたらした。詩人としても有名で、この詩もその一つ。

22　このソロモンの詩句は、旧約聖書「伝道書」第一章からだが、この後に続くお互いに聖書を引用しながらの論争は、同じ出典に依拠しつつ、多様な解釈や論争をしてみせるブレヒトお得意の手法である。

ガリレオ　猊下、まだこんなに小さい頃（手振りで小ささを示しながら）、船に乗った時に、こう叫んだことがあるんですよ、「岸が遠ざかっていく」と。今の私なら知っております、岸が動いたのではなく、船が遠ざかっていったのだ、と。

バルベリーニ　ずるい、ずるい。ベラルミーノ卿よ、人の目に見えること、つまり天体が廻っているということは正しいとは限らない、船と岸を見よ、というわけです。しかし正しいこと、つまり地球が廻っているということは見ることはできない、と。実にずるい。しかし彼の言う木星の月というのは、我々天文学者にとっては難問です。いや、私も残念ながら天文学をかじったことがあるのでね。こいつにとりつかれるのは、疥癬《かいせん》にかかったようなものです。

ベラルミーノ　時勢にはのりましょうぞ、バルベリーニ卿。新しい仮説にのっとった星座表が船乗りの航海を容易にしてくれるのなら、それを使うのは結構。我々の気に入らないのはただ、聖書を間違いとする理論のほうです。（舞踏会ホールの方向に挨拶の会釈をする）

ガリレオ　聖書に曰《いわ》く、「穀物を隠匿するものは民の呪詛《じゅそ》を受くべし」。ソロモンの箴《しん》言《げん》です。

ベラルミーノ　「賢者はその知識を隠す」
ガリレオ　「牛あれば小屋は不浄なり。されど利多きは牛多きによる」
バルベリーニ　「おのれの理性を制しうるものは町を制しうるものに勝れり」
ガリレオ　「精神《こころ》の破れしものは肉体《からだ》もまた破れおり」。
（間）「真理は声を大にして叫ばざるや」
バルベリーニ　「足を燃える炭におきて足の焼けざらんや」。――ローマへようこそ、ガリレオ殿。ローマの起源はご存じですよね。言い伝えによると、二人の男の子が狼にお乳をもらって育てられた。その時以来、子供たちはみんな狼にお乳の代金を支払わなければならないというわけです。そのかわり狼もありとあらゆる楽しみを、地上でも天国でも与えてくれる。我が学友ベラルミーノとの会話から始まって、世界的に有名な何人かのご婦人方にいたるまで、あなたにもここでそれをお見せしましょう。
（舞踏会ホールのほうを指しながらガリレオを奥へと案内していく。ガリレオもしぶしぶ従う）

バルベリーニ　おいやですかな？　まじめな会話のほうがお望みですか。いいでしょう。わが友ガリレオさん。あなた方天文学者は、天文学をただ単純にわかりやすいものにしようとしているだけだ、と本当にお思いなのですか？（ガリレオをまた舞台前のほうに連れてくる）あなた方は円や楕円形や等速の運動といった、ご自分たちの頭脳にあった単純な動きでものごとを考えておられる。それなら神が星座をこんな風に動かしたいとお考えになったとしたら、どうでしょう？（指で空中にひどく込み入った動きを不規則な速度で描く）あなた方の計算ではどうなりますか？

ガリレオ　猊下、神がもし世界をこんな風に（バルベリーニの動きを繰り返す）創られたとしたら、我々の脳もこんな風に（同じ動きを繰り返す）創られたでしょう。その脳がこの軌道を、もっとも単純な動きだと認識するのです。私は理性を信じておりますので。

バルベリーニ　私は理性を不十分なものだと思っています。ベラルミーノ君は沈黙しておるな。礼儀正しすぎて、お前の理性が不十分なのだと言いかねておるんでしょうよ。（笑いながら手摺《てすり》のほうへ引き下がる）

ベラルミーノ　理性は十分には行き渡らないものですよ、あなた。周りを見渡しても、誤りや犯罪、欠陥だらけ。真理など、どこにありますか？

ガリレオ　（怒って）私は理性を信じております。

バルベリーニ　（書記に向かって）筆記する必要はないよ、友人同士の学問的な会話だからね。

ベラルミーノ　すこしお考え頂けませんかな、教父[23]先生方やそれに従うたくさんの人たちがこの世界、こんな忌まわしい世界にも意味を与えようとして、どんな努力を重ねてきたか。カンパーニャ地方の領地で、自分の百姓たちを裸にして鞭打たせる者たちの残酷さや、その主人たちの足に口づけする貧乏人たちの愚かさのことなども。

ガリレオ　ひどい言い方ですね！　ローマへの道すがら、私は……。

ベラルミーノ　我々はこのような理解しがたい出来事（人生はそういうもので成り立ってますが）、その意味を至高の存在の御心であるとみなし、そこにも神の意

23　教父とはローマ学院の神学者のグループで、教会の公式文書作成にあたったりする。

思を探ることができる、そしてすべては大きな計画の一環なのだ、と語ってきた。それによって絶対的な安心が得られた、とまでは申しませんがね。しかしあなたはいま、天体の世界がどう動いているか、自分にはよく分かっているのに、神にはよく分かっていないと、至高の存在の責任を問うておられる。それは賢明なことですかな？

ガリレオ（説明しようと身構えながら）私は教会の敬虔な息子ですが……。

バルベリーニ　驚きです。無垢《むく》なふりをなさりながら、天文学においては、神は大間違いをしたと証明なさろうというのですから。神は、天文学を十分に研究なさらないまま聖書をお書きになった、とでもおっしゃるのですか？　どうなんです？

ベラルミーノ　自らお創りになったものについては、創造主のほうが被造物である人間よりもよくご存じだ、ということも信じられませんかな？

ガリレオ　しかし、人間だって、星の運行だけでなく、聖書を誤読することもありうるでしょう！

ベラルミーノ　しかし、聖書をどう理解すべきかということは、ヴァチカン教会の神学者たちのお決めになることではないですかな？

（ガリレオは沈黙する）

ベラルミーノ　ほら、ついに黙ってしまわれた。（書記に合図する）ガリレオさん、教皇庁は昨夜、決定をくだされたのです、太陽は不動の世界の中心であり、地球は動いていて世界の中心ではないとするコペルニクスの学説は、理論において曖昧《あいまい》、不条理、信仰において異端であると。私はこの学説を放棄するように、あなたに警告せよ、との委任を受けておるのです。（書記に向かって）いまのを繰り返してください。

書記1　ベラルミーノ枢機卿猊下のガリレオ・ガリレイに対する通告。教皇庁は決定をくだされた。太陽は不動の世界の中心であり、地球は動いていて世界の中心ではないとするコペルニクスの学説は、理論において曖昧、不条理、信仰において異端であると。私はこの学説を放棄するようにあなたに警告せよとの委任を受けている。

ガリレオ　どういうことですか？

（舞踏会ホールからはボーイソプラノで先ほどの歌の続きの句が聞こえてくる。バルベリーニはガリレオに歌の続いているうちは黙っているように合図する。そろって耳を傾ける）

「われ言えり、麗しき季節の過ぎゆくは速し、
さらば薔薇を摘め、いまだ五月のうちに」

ガリレオ　しかしあの事実はどうなるのですか？　ローマ学院の天文学者たちは私の説を承認したと理解していたのですが。
ベラルミーノ　あなたにはこの上なく名誉なやり方で、深い満足を表現しながらね。
ガリレオ　それに木星の月や、金星の満ち欠けは？
ベラルミーノ　教皇庁は、そういう細かいことには立ち入ることなく決定をくだされたのです。
ガリレオ　とすれば、今後学問的な研究を続けていくということは……。

ベラルミーノ　それは完全に保証されておりますよ、ガリレオさん。教会は、知ることはできなくても研究は許可する、という見解ですから。（また舞踏会ホールのほうに向かって会釈する）数学的な仮説という形でこの学説を扱われることもあなたのご自由。科学は教会の正当にして最愛の娘なのですよ、ガリレオさん。あなたに教会の信用を掘り崩すおつもりがあろうなどとは、我々の誰も本気では考えておりませんので。

ガリレオ　（怒って）信用というのは、要求されすぎると枯渇するものです。

バルベリーニ　そうですか？（からからと笑いながらガリレオの肩をたたく。それから鋭い眼差しをして、しかし言葉では親しそうに）元も子もなくすようなことはなさらないほうがいいですよ、ガリレオ先生。我々もそんなことは致しません。あなたが我々を必要としている以上に、我々はあなたを必要としているのですから。

ベラルミーノ　私は、イタリア最大の数学者を、教皇庁のあの審問官に紹介したくてうずうずしているのですがね、あなたに最大の注目を払っておられますからな。

バルベリーニ　（ガリレオのもう一方の腕をつかんで）いま彼はまたおとなしい羊に変身中です。あなたも許された思想をもつお利口なドクトル先生の仮装をしてここにいらっしゃればよかったのに。私が今日いささか自由な振る舞いができるのもこの仮面のお陰なのですから。こういう仮面舞踏会では私とて、神が存在しないのなら神を考え出すべきだ、と呟《つぶや》くかもしれません。さあ、また仮面をつけるとしますか。お気の毒に、ガリレオさんは仮面をお持ちじゃないが。

（彼らはガリレオを真ん中にはさんで舞踏会ホールの中に連れていく）

書記1　最後の台詞《せりふ》は書き取ったかい？

書記2　いま書いてるよ。（二人は熱心に書き取る）彼が理性を信じますと言ったところも書いてあるかい？

（異端審問所長官の枢機卿が入ってくる）

異端審問所長官　話し合いは終わったかね？

書記1　（機械的に）まずガリレオ氏は娘さんとおいでになられました。令嬢は本日婚約され、お相手は……。

（異端審問所長官は不要という合図をする）それからガリレオ氏は我々に新しいチェ

スのやり方を教えられました、それによると駒はルールを超えて枡目を飛び越していけるのであります。
異端審問所長官　(不要という合図をして) 調書をよこしなさい。
(書記の一人が調書を渡す。異端審問所長官は座って調書に目を通す。仮面をつけた二人の若い貴婦人が舞台を横切って、異端審問所長官の前でお辞儀をする)
若い貴婦人1　どなた?
若い貴婦人2　異端審問所長官の枢機卿様よ。
(二人はくすくす笑いながら去る。ヴィルジーニアが誰かを探すようにあたりを見回しながら入ってくる)
異端審問所長官　(座っている片隅から) どうなさいましたか、お嬢さん?
ヴィルジーニア　(彼が目に入っていなかったので少しぎくっとして) ああ、枢機卿様!
(異端審問所長官は顔を見ずに彼女に右手を差し出す。彼女は近づいて、ひざまずいて

（彼の指輪に口づけをする）

異端審問所長官　すばらしい夜ですな！　あなたにご婚約のお祝いを申し上げなくては。お相手は高貴なお家柄の方だとか。ローマには長くご滞在ですかな？

ヴィルジーニア　いいえ、今回は、猊下。結婚の支度がいろいろありますもので。

異端審問所長官　そう、お父上と一緒にまたフィレンツェに戻られるのですか。それはいい。お父上にはあなたが必要でしょうから。寄り添うには数学は冷たすぎる、そうでしょう？　血と肉を分けた存在がそばにいるといないとでは大違いです。偉大な人というのは、あまりに広大な星の世界の中でおのれを見失ってしまいやすいですからね。

ヴィルジーニア　（息を殺して）あなたはとてもいい方でいらっしゃいますのね。私にはああいうことは、実は殆どまったく分かりませんの。

異端審問所長官　分からない？　（笑う）灯台下暗し、ですかな？　星についての知識をあなたが私からお知りになったとお父上が聞かれたら、さぞや面白がられることでしょうな。（調書をめくりながら）いま読んでいるのですが、現在の革新者たち、偉人中の偉人であるあなたのお父上は、そのリーダーだと世界的に認められておるわけですが、彼らは、我々の愛するこの大地の意味についての考えを、いささか荒唐無稽な誇張だとみなしておられる。ところが、古代の賢人プトレマイオスの時代から今日にいたるまで、全創造物、いいかえれば大地を中心とした透明な球体の直径は、大地の直径の約二万倍だと考えられておりました。そうとうな大きさですが、これでも革新者たちには小さすぎる、あまりに小さすぎるというのです。彼らの考えでは、その範囲は想像を絶するほど広がっており、太陽から大地までの距離は、我々もたいへんな距離だとは思っておりますが、そんなもんじゃない、一番外側の天の殻に固定されている恒星と我らが哀れな大地との距離に比べれば、消えてしまうくらいに小さい、そもそも計算にいれなくていいほど小さい、というのです！　そうなると、この革新者たちは確かな足場には立っていない、と言えませんかな？

（ヴィルジーニア笑う。異端審問所長官も笑う）

異端審問所長官　こういう世界像に比べると、いままでの我々の世界像はお嬢さん方が首にかけるペンダントの絵のように小さくなってしまう、じっさい教皇庁の何人かの方々は最近、そういう世界像に不快感を表明しておられるのですよ。この方たちの心配は、そんな広大な距離だと聖職者も枢機卿も消えてしまいかねない、教皇でさえ全能の神のお目にとまらなくなってしまうかもしれない、ということなのです。おかしなことですよね。でもあなたが今後も我々の大事なお父上のお側にいらっしゃると伺って、私は嬉しいですよ。あなたが告解をなさる神父様は……。

ヴィルジーニア　聖オルソラ修道院のクリストフォルス神父様です。

異端審問所長官　そうでしたね。あなたがお父上に付き添っておられてよかった。お父上にはあなたが必要になるでしょう、いまはまだ想像がおつきにならないかもしれないが、きっとそうなる。あなたはまだ本当にお若い。実にいきいきとしておられる。そして偉大さというものは、神からそれを授かった人間にとっても、必ずしも担いやすいものではないのです、必ずしもね。死すべき人間は、誰もお祈りの文句に取り入れられるほど偉大ではありえない。いや、お引き留めしてしまいました、あなたの許嫁《いいなずけ》に嫉妬されてしまう、あるいはお父上にもね、もしかしたら時代遅れかもしれない天体の話など、お教えしてしまったのですから。

さあ、急いで踊りにお戻りなさい、ただし、クリストフォルス神父殿に、私からよろしくと忘れずにお伝えくださるよう。

（ヴィルジーニアは深くお辞儀をして急いで去る）

第8景

ある対話

教皇庁の決定を読んだガリレオを
一人の若い修道士が訪ねてきた。
貧しい農民の息子である彼は
知識の見つけ方を知りたがった。
そう、やはりそれを知りたかったのだ。

(ローマのフィレンツェ公使の館でガリレオは、一人の修道士の話に耳を傾ける。

彼は第6景の最後で、ローマ学院の会議の後に教皇庁の天文学者の調査委員会の判定をガリレオに耳打ちしてくれた、あの平修道士である)

ガリレオ　お話しなさい、何なりと！　僧服を着ておられるのだから、いつでも好きなことを言う権利はお持ちでしょう。

平修道士　私は数学を学びました、ガリレオさん。

ガリレオ　それなら、二かける二はときには四になるということを、告白したいお気持ちにはなられるかもしれませんな！

平修道士　この三日前から私は眠れなくなってしまったのです、ガリレオさん。自分の読んだ教皇庁の決定と、自分で見た木星の月の矛盾をどう一致させればいいのか、分からなくなってしまった。そして、今朝ミサのお勤めをした後で、あなたのところにお伺いしようと決めたのです。

ガリレオ　木星には月はないと、私に言うためにですかな？

平修道士　いいえ。教皇庁の決定の賢さが、私に納得できたからです。あまりに無制限な研究は、人類にとって危険をもたらすということが分かって、私は天文学をやめる決心をしました。そして、一人の天文学者が、ある学説をこれ以上追究することをやめるに至った動機をあなたにお伝えすることも、重要ではないか、と思ったのです。

ガリレオ　そんな動機なら、とっくに承知しておるつもりですがね。

平修道士　あなたが苦々しく思っておられるのは、承知しております。教会のもつ途方もない暴力手段のことを考えておられるのでしょう。

ガリレオ　拷問の機械とはっきりおっしゃって結構ですよ。

平修道士　でも私の申し上げたいのは、別の根拠なのです。私ごとを語るのをお許しください。私は農民の息子として、カンパーニャ地方で育ちました。オリーブの樹のことなら何でも知っていても、他のことは何にも知らない単純な人たち、金星の満ち欠けを観察しながらも、私はそんな自分の両親のことを思い浮かべるのです。両親が妹と炉端に座って、チーズ料理を食べている姿です。何百年もの煤《すす》で真っ黒になった天井の梁《はり》、働きすぎでしなびてしまった手、その手のなかの小さな匙《さじ》。暮らし向きは良くなくても、でもその不幸のなかにはある種の秩序が宿っている。床掃除からはじまって、オリーブ畑での季節ごとの労働、税金の払いにいたるまでの様々な決まりごと。ふりかかる不幸も規則的です。父の背中は急にではなく、オリーブ畑に春が来るたびに、少しずつ曲がってしまった。母も一定の間隔でお産をするたびに、女らしくなくなっていった。そして、石だらけの道を汗水たらして籠を運んだり、子供を産んだりしながら、彼らは食べていくための力を、大地や、毎年あらたに芽吹く木々や、小さな教会を眺めたり、日曜日ごとに教会で聖書の言葉を聞いたりすることで与えられる安定感と、そうでなければならないのだという確信の感情から、得てきたのです。神の目が注意深く、ときには不安げに彼らの上に注がれていること、そして彼らの周りには世界という劇場が構築されていて、その中で俳優である人間たちは大きな役や小さな役を与えられているのだということを、彼らは確信しているのです。もし彼らが私から、あなたたちは空っぽの空間の中で、他の星の周りをぐるぐる廻っている、たくさんの、それも実に取るに足りない星のひとつ、ちっぽけながらくた星の上にいるにすぎないと聞いたとしたら、一体何と言うでしょう！「それならこんな苦労、悲惨な暮らしを納得することは、どうして必要で善なることなのか？すべてを説明している聖書、汗や忍耐や飢えや忍従などの一切を必然的なものだと根拠づけている聖書が、いまごろになって間違いだらけだというのなら、聖書はいったい何の役にたつんだ」と言うでしょう。いや、私には彼らの目が怖《お》じ気《け》づき、匙を炉端に落として、裏切られ、騙《だま》されたように感じる様子まで、目に浮かびます。彼らは言うでしょう、それなら、我々に注がれている目はないのか？　我々は誰にも導かれず、自分で自分の面倒をみて、このまま年老いて使い古されなければならないのかと？　周りには何の星も廻っていない、自立すらしていないちっぽけな星の上の、この世でのこの哀れな役割以外の役を、考えてくださるお方は、もういないのか？　我々の悲惨には何の意味もなく、飢えは試練ではなく、ただ何も食べなかったというだけのことなのか？　身を屈めたり、足を引きずる苦労も神に愛《め》でられる功績ではないということなのかと？　もう分かって頂けたでしょうか、私が教皇庁の決定から読み取ったのは、まさに母のような高貴な慈悲、偉大なる慈愛の心だったのです。

ガリレオ　慈愛の心！　おそらくあなたがおっしゃりたいのは、彼らの口はからからなのに、ワインは飲み尽くされて何もない、だから僧服にキスでもさせよう、というだけのことでしょうが！　どうして何もないのか。なぜこの国の秩序は、お櫃《ひつ》が空っぽの秩序でしかなく、必然性とは、けわしい葡萄《ぶどう》山や麦畑の畦《あぜ》で働いて死ぬことでしかないのか？　慈愛深い主イエスの代理人である教皇がスペインやドイツでやっている戦争[24]の金を、あなたのカンパーニャ地方の農民たちが払わされているからですよ！　なにゆえに教皇は、地球を宇宙の中心に置くのか？　教皇庁の玉座が地球の中心になれるようにです！　そのことが大事なんですよ。あなたの言われるとおり、問題は惑星ではなく、カンパーニャ地方の農民たちのことなのだ。神の祭壇を飾っているもろもろの宝石の美しさなどは言語道断のこと！　マルガリティフェラという牡蠣《かき》がどうやって真珠をつくりだすか、ご存じですかな？　たとえば砂粒のような耐えがたい異物で致命的な病気になった牡蠣が、その異物を粘膜でくるんでしまうからです。その過程で、ほとんどの牡蠣は死滅してしまう。真珠などくそくらえです。私は健康な牡蠣のほうが好きだね。

24　一六一八〜四八年、ドイツ（神聖ローマ帝国）を中心に、新旧の宗教的・政治的な勢力がそれぞれ新教（プロテスタント）と旧教（カトリック）を旗印に二手に分かれてヨーロッパ中を巻きこむ「三十年戦争」と呼ばれる宗教戦争を行った。この光文社古典新訳文庫のブレヒトの戯曲『母アンナの子連れ従軍記』は、この戦争を舞台にしているので、あわせて参照されたい。

美徳というのは、貧困と結びついているわけではないのです。あなたのご家族が裕福で幸福だったら、裕福で幸福な美徳をつくりだせるでしょう。いまは痩せた畑から痩せた美徳しかつくられていないが、私はそんな美徳など御免こうむりますよ。ねえ、私の新しい水揚げポンプなら、彼らの哀れで超人的な苦労よりも、もっと大きな奇跡を成し遂げられるんですよ。――「汝《なんじ》ら生めよ増やせよ」と聖書にあるのは、畑が不毛で、戦争があなたたちの数をどんどん減らすからではないですか。私にまで嘘を吐《つ》けと言われるのか。

平修道士　（非常に興奮して）我々が沈黙を守らなければならないのは、至上最高の理由のため、不幸な人たちの魂の平安のためなのです！

ガリレオ　今朝、ベラルミーノ枢機卿の御者が届けてくれた、あの有名なチェリーニの時計をお見せしましょうかな？　これは、私がたとえばあなたのご両親のような方の魂の平安を乱さなかったご褒美に、お上が下された美酒《うまざけ》というわけです。神の似姿に創られたあなたのご両親の額の汗から搾り取られた美酒。もし私が沈黙するとしたら、それは疑いなく、じつに低級な理由からだ、いい生活を送り、迫害されないため、とかね。

平修道士　ガリレオさん、私は聖職者です。

ガリレオ　同時に物理学者でもある。そして金星に満ち欠けがあることも知っておられる。ほら、外を見てごらんなさい！（窓越しに指さす）あそこの月桂樹の木の脇の泉のところに小さなプリアポス［ギリシアの豊穣の神］の像が見えるでしょう？　庭と鳥と泥棒のギリシアの神、二千年も生きている卑猥な農民の神様だ。彼のほうがずっと正直だよ。誰より、とは言うまい、私もあなたと同じように、教会の息子だからね。でもホラティウスの風刺詩の八番はご存じでしょう？　このところまた読み返している、これを読むといくらか落ち着けるんですよ。（小さな本を手に取る）ローマのエスクィリーノの丘のあちこちの庭に置かれたこの小さなプリアポスの像に、ホラティウスが語らせている詩です。始まりはこう。

「かつて私は、ほんのちっぽけなイチジクの樹の切れ端だった、
その昔、工匠《たくみ》がこの私を使って、
プリアポスの像をつくろうか、椅子をつくろうかと迷って、
プリアポスの像をつくろうと決めたのだった……」

ホラティウスにとって、たとえばこの椅子という語は机でも何でもよかった、と思いますか？　私の世界像においても、金星の満ち欠けがなかったら、私の美的感覚は損なわれてしまうのです。我々は、目の前の最大のメカニズムである天体の研究を禁じられたら、川から水をくみ上げるポンプのメカニズムの研究さえできなくなる。三角形の内角の総和は、教皇庁の要求があっても、変更はできません。天体の運行を、箒の柄にまたがる魔女の飛行のように計算するわけにはいかないのです。

平修道士　するとあなたは、真理は真理であれば、我々なしでも広まっていくとおっしゃるのですね？

ガリレオ　いや、いや、違う。我々の広めるだけの真理しか広まらない。理性の勝利は、理性ある人たちの勝利でしかありえないんだ。君たちは、カンパーニャ地方の農民たちのことを、小屋に生えた苔《こけ》のように言うじゃないか！　三角形の内角の総和が、彼らの求めているものと矛盾するなんて、誰が言えるんだ？　だが彼らが動き出して、自分で考えることを学ばない限り、どんな立派な灌漑施設だって、彼らの役には立ちはしないんだ。彼らの農民たちの、神のごとき忍耐は目にするのに、彼らの神のごとき怒りはまったくどこにあるのかね。

平修道士　彼らは疲れているんですよ！

ガリレオ　（彼の前に一束の原稿を投げ出して）君は物理学者だったよね。これにはこの地球の海になぜ潮の満ち干があるのかが書かれている。でも、君はこれを読んじゃ、いけないんだよね。おや、読むのかい？　じゃあ君は、やっぱり物理学者なんだ。

（平修道士はもうすっかり読むことに没頭している）

ガリレオ　認識の禁断の林檎だ！　彼はもうそれを食べてしまった。永遠の呪いを受けたとて、食べずにはいられない、不幸な食欲。ときおり考えるんだ、光が何であるかが分かるなら、光の差し込まない深い地下の牢獄に閉じ込められたっていいと。最悪なのは、知っていることを人に伝えずにはいられない私の性格だ。恋する人、酔っ払い、あるいは裏切り者のように。これこそがまさに悪徳で、災いの元なのだ。あとどのくらい、ストーブにむかって叫ぶだけで満足していられるか──それが問題だな。

平修道士　（原稿のある個所を指さして）この文章が分からないのですが。

ガリレオ　説明してあげよう、説明してあげるとも！

第9景

八年の沈黙の後、科学者である新しい教皇の即位に勇気づけられたガリレオは、禁じられた分野の研究を再開する。太陽黒点の研究である。

真理はポケットにしまい、舌はほっぺたの中にしまいこんで、
八年は沈黙したが、ついに我慢できなくなった、
真理よ、わが道を進め。

(フィレンツェのガリレオの家。フェデルツォーニ、第8景の平修道士、いまや青年となったアンドレア・サルティなどのガリレオの弟子たちが実験の講義を

聞くために集まっている。ガリレオ自身は立ったまま本を読み耽《ふけ》っている。ヴィルジーニアとサルティのおかみは結婚支度の下着やカバー、シーツ類を縫っている)

ヴィルジーニア　お嫁入り支度の縫物って楽しいわね。これはお客用の大きなテーブルに掛けるの。ルドヴィーコはお客を呼ぶのが好きなんですもの。でもちゃんと仕上げないと、彼のお母さまはどんな糸目の乱れも見逃さないんだから。それに、お父さまのご本は認めて下さらないのよ、クリストフォルス神父と同じで。

サルティのおかみ　お父さまはもう何年もご本を書いてはいらっしゃいませんよ。

ヴィルジーニア　ご自分の間違いに気付かれたのだと思うわ。ローマではとても偉い神父様が天文学のことをいろいろ説明してくださったのよ。距離が遠すぎるんですって。

アンドレア　(日課表を黒板に書きながら)「木曜の午後は水に浮かぶ物体」――また水だ。水を入れた桶と、秤《はかり》と鉄の針、アリストテレスの本も用意しなきゃ。(それらを取ってくる)

（他の連中は本を読み耽っている。中年の学者フィリッポ・ムツィオが登場。彼はすこし落ち着かない様子をしている）

ムツィオ　ガリレオ先生にどうしてもお目にかかりたいとお伝え下さいませんか？　先生は私を言い分も聞かずに破門なさったのです。

サルティのおかみ　でもあなたにはお会いにならないでしょうよ。

ムツィオ　取り次いで下されば神のご加護がありますよ。どうしてもお話したいことがあるんです。

ヴィルジーニア　（階段のところに行って）お父さま！

ガリレオ　なんだね？

ヴィルジーニア　ムツィオさんよ！

ガリレオ　（険しい顔で上を見てから階段のところに行き、弟子たちを後ろにして）何の御用ですかな？

ムツィオ　ガリレオ先生、お許し頂けるなら、私の著書で地球の回転に関して、私がコペルニクスの学説を断罪しているように見える個所の説明をさせて頂きたいと思いまして。私は実は……。

ガリレオ　何を説明しようというのか。あなたは一六一六年の教皇庁の決定と同じ考えだから、どんな権利もお持ちでしょうが。たしかにここで数学を学ばれたかもしれんが、そのあなたから二かける二は四であると教えて頂く資格は我々にはないんでね。しかしあなたは、この石が（小さな石をポケットから取り出して、それを床に落とし）たったいま上に向かって飛んで行って天井にぶつかった、と言う権利さえ持っている。

ムツィオ　ガリレオ先生、私は……。

ガリレオ　困難な事情の言い訳はやめましょう！　私はペストのさなかでも記録をとるのをやめなかった。

ムツィオ　ガリレオ先生、ペストよりひどい事情もあるのです。

ガリレオ　それなら言わせてもらおう。真理を知らぬ者は馬鹿だが、真理を知りながらそれを嘘だと言う者は犯罪者だ！　私の家から出ていきなさい！

ムツィオ　（力なく）おっしゃる通りです。（出ていく）

（ガリレオは書斎に戻る）

フェデルツォーニ　残念ながらその通り。彼は大した人物ではなく、もしあなたの弟子でなかったら、問題にもされなかったでしょうよ。しかし今はこう言われる、彼はガリレオの教えることはみんな聞いたが、それがすべて間違いであることを認めざるをえなかった、と。

サルティのおかみ　今の人、可哀相だね。

ヴィルジーニア　昔、お父さまがひいきになさりすぎたのよ。

サルティのおかみ　あなたの結婚の話をしましょうよ、ヴィルジーニア。若いみそらで母親もいず、父親は氷のかけらを水に浮かべているんだからねえ。いずれにせよ、お父さまには結婚についての助言なんか仰がないほうがいいですよ。でないと一週間もの間、食事の時も若い者たちのいる前で、破廉恥なことをしゃべり続けかねないんだから。だってあの人にはこれっぽちも羞恥心《しゅうちしん》ってものがないんだからねえ。そんなことを問題にするわけじゃないけど、ただ行く末が思いやられてね。私にゃ教養がないから何にも分からないけどさ。でもこういう大事な問題はやみくもに飛び込んじゃあいけませんよ。本気で言うんだけど、あなたも大学のちゃんとした天文学の先生のところに行って、占いをしてもらったらどうかねえ、そしたらこれからの運勢も分かると思うけど。なぜ笑うの。

ヴィルジーニア　もう行ってみたのよ。

サルティのおかみ　（とても知りたそうに）で、なんて言われたの？

ヴィルジーニア　太陽が山羊座に入っているから、三カ月は気をつけなさいって。でもその後はとてもいい運勢の上昇期に入って、雲も晴れるって。木星から目を離さないでいれば、どんな旅行も大丈夫だそうよ、私は山羊座だから。

サルティのおかみ　それでルドヴィーコさんは？

ヴィルジーニア　彼は獅子座なの。（ちょっと間を置いて）感覚的なたちなんですって。

（間）

ヴィルジーニア　あの足音には聞き覚えがあるわ。ピサ大学の学長ガッフォーネ様よ。

（ピサ大学の学長ガッフォーネ登場）

ガッフォーネ　お父さまが興味をお持ちになりそうなご本を届けにあがっただけです。どうかガリレオ先生のお邪魔はなさいませんように。私には何のお手伝いもできませんが、この偉大な方のお時間を一分でも盗むことは、イタリアから一分を盗むのに等しいと、常日頃感じておりますので。このご本をあなたにちゃんとお渡ししたら、私は抜き足差し足で退散しますよ。（退場）

（ヴィルジーニアはフェデルツォーニにその本を渡す）

ガリレオ　何に関する本だね？
フェデルツォーニ　わかりません。（一句ずつたどたどしく読む）「デ・マクリス・イン・ソーレ」
アンドレア　「太陽黒点について」だ。また一冊出たんだ！

（フェデルツォーニは腹立たしげにその本を彼に渡す）

アンドレア　この献辞を見てよ！「現存する物理学の最高の権威ガリレオ・ガリレイに捧ぐ」だって。

（ガリレオはまた本に没頭している）

アンドレア　僕はオランダのファブリチウス[25]の黒点に関する論文を読んだんだ。彼は黒点を地球と太陽の間を通過していく星雲だとみなしている。

平修道士　それはおかしくありませんか、ガリレオ先生？

（ガリレオは返事をしない）

アンドレア　パリやプラハでは、黒点は太陽の蒸気《もや》だと思われています。

フェデルツォーニ　ふーん。

アンドレア　フェデルツォーニさんはそれを疑っています。

フェデルツォーニ　俺は仲間に入れないでくれ。俺はただ「ふーん」と言っただけだ、それだけだよ。俺はレンズ研磨工で、レンズを磨く。すると君たちがそれを覗いて天を観察する。その君たちが見るものは黒点ではなく、ラテン語の「マクリス」だ。俺に何かを疑えったって無理さ。何度言えば分かってもらえるんだ、俺には本が読めないんだよ。だって、ラテン語で書かれているんだからね。（怒り

ながら秤を振り回して身振り入りで話していたので、秤の皿が床に落ちる。ガリレオはそこに行って皿を拾い上げる）

平修道士　疑うなかにこそ至福があるんです。僕は自問する、なぜかと。

アンドレア　この二週間というもの、僕は晴れた日には毎日、天井裏の瓦屋根の下によじ登っているんだ。屋根瓦のかすかな裂け目を通してなら、細い光線しか入ってこないからね。それだと、太陽を反転像で一枚の紙にとらえられる。そうやって僕は太陽の黒点を見てみた。蠅くらいの大きさで、雲の切れ端のようにかすんで、移動しているんだよ。なぜ我々はこの黒点を観察しないんですか、ガリレオ先生？

ガリレオ　今は浮力の研究をしているからだよ。

アンドレア　おふくろのところには籠いっぱいの手紙がたまっているんですよ。全ヨーロッパが先生の意見を求めている。先生の名声は、もはや沈黙してはいられ

25　ヨハンネス・ファブリチウス（一五八七〜一六一五）はドイツの天文学者で、一六一〇年に太陽の黒点を発見し、その移動から太陽の自転を推測した。

ないほど高まっているんです。
ガリレオ　私の名声が高まったのは、ローマのお陰だ、私は沈黙していたからね。
フェデルツォーニ　でも、もう沈黙し続けることはできないでしょう。
ガリレオ　薪の山の上でハムみたいに燻製《くんせい》にされることも私には承服できないよ。
アンドレア　太陽の黒点も、火あぶりになりかねないとお考えなのですか？
（ガリレオは返事をしない）
アンドレア　いいでしょう。氷のかけらのほうを続けましょう。これなら先生には危険はないわけだ。
ガリレオ　その通り。さあ、我々の命題は、アンドレア？
アンドレア　浮くというのは、物体の形には関係がなく、それが水より軽いか重いかによる、というものです。
ガリレオ　アリストテレスは何と言っているかね？
平修道士　「ディスクス・ラトゥス・プラティクエ……」
ガリレオ　翻訳して、翻訳だ。

平修道士　「広くて平らな氷は水に浮くことができるが、鉄の針は沈む」と。
ガリレオ　アリストテレスによれば、なぜ氷は沈まないのか？
平修道士　広くて平らだと、水を分割できないからです。
ガリレオ　よろしい。（氷のかけらを受け取ると、それを桶に入れる）これから私がこの氷のかけらを力いっぱいに桶の底まで押し込んで、それから手を離してみる。するとどうなるかね？
平修道士　また浮かび上がってきます。
ガリレオ　その通りだ。どうやら氷は浮かび上がるときには、水を分割できたようだね、フルガンツィオ君？
平修道士　でもどうして氷は浮くことができるのでしょう、氷は凝縮された水で、水より重いはずなのに。
ガリレオ　氷が薄められた水だとしたら、どうだね？
アンドレア　氷は水より軽いはずです、でなきゃ浮くはずがない。
ガリレオ　ははあ。
アンドレア　鉄の針が浮かないのもそう。水より軽い物体はすべて浮き、水より重い物体は沈む、証明済みです。

ガリレオ　アンドレア、君は慎重に考えることを学ぶ必要があるな。鉄の針をよこしてごらん。鉄は水より重いかね？

アンドレア　はい。

（ガリレオは針を一枚の紙の上に置き、それを水の上に浮かす。間）

ガリレオ　何が起こったかね？

フェデルツォーニ　針が浮いている！　神聖なるアリストテレスの言うことは、まったく点検されてなかったんだ！

（みんなが笑う）

ガリレオ　科学が貧困である最大の理由は、たいていは思い込みが充満しているからだ。科学の目的は無限の英知の扉を開くことではなく、無限の誤謬《ごびゅう》にひとつずつ終止符を打っていくことだ。メモしておきたまえ。

ヴィルジーニア　何かしら？

サルティのおかみ　あの人たちが笑うたんびに、私はびくっとするんですよ。何を笑っているんだろうと思うとねえ。

ヴィルジーニア　お父さまはおっしゃるのよ、神学者にとっての鐘の音は、物理学者にとっては笑い声だって。

サルティのおかみ　でも少なくとも、もうあの筒眼鏡を覗かなくなったのだけは嬉しいですよ。あれはまずかった。

ヴィルジーニア　今は氷のかけらを水に浮かべているだけですものね。あれならそう恐ろしいことにはならないわ。

サルティのおかみ　どうだか。

（ルドヴィーコ・マルシーリが旅姿で、荷物を背負った従者を連れて登場。ヴィルジーニアは駆け寄って、彼を抱擁する）

ヴィルジーニア　どうして、来るってお手紙を下さらなかったの？

ルドヴィーコ　ちょっと近くまで来ただけなんだ、ブッチオーレ近郊のうちの葡萄山の検分にね。でも立ち寄らずにはいられなかったんだ。

ガリレオ　（近視の人のように）誰だね？
ヴィルジーニア　ルドヴィーコさんよ。
平修道士　彼が見えないんですか？
ガリレオ　ああ、そう、ルドヴィーコだ。（彼のほうに向かっていく）馬の具合はどうかね？
ルドヴィーコ　みんなぴんぴんしています、先生。
ガリレオ　サルティのおかみさん、乾杯しよう。あのシチリアの古いワインの入った壺を持ってきておくれ。
（サルティのおかみはアンドレアを連れて退場）
ルドヴィーコ　（ヴィルジーニアに向かって）顔色が悪いね。田舎で暮らしたほうがいいよ。母さんは、九月には君が来てくれると楽しみにしているんだ。
ヴィルジーニア　待ってて、花嫁衣装を見てほしいから。（駆け出していく）
ガリレオ　お座りなさい。
ルドヴィーコ　聞くところでは、大学でのガリレオ先生の講義には、千人以上の学生が詰めかけているそうですね。今は何をご研究ですか？
ガリレオ 毎日同じことばかりだ。君はローマを通るかね？
ルドヴィーコ はい。——忘れないうちに。母が先生にお喜び申し上げたいそうで。最近のオランダ人の太陽黒点の馬鹿騒ぎに、先生が尊敬すべき態度をとっておられることに対してです。
ガリレオ （そっけなく）それはありがとう。

（サルティのおかみとアンドレアがワインとグラスを持って入ってくる。一同はテーブルの周りに集まる）

ルドヴィーコ ローマではこの二月は、また話題沸騰です。クリストファー・クラヴィウスが、この太陽黒点騒ぎでまたぞろ、地球が太陽の周りを廻る例のサーカス話がむしかえされるのではないかという懸念を表明されたもんで。
アンドレア 心配御無用ですよ。
ガリレオ 他に聖なる都ローマのニュースはありませんかな、私が新たな罪を犯しそうだという懸念以外の？

ルドヴィーコ　教皇が瀕死の床にふせっておられるのはもちろんご存じですよね？
平修道士　ほほう。
ガリレオ　後継者には誰がなるのかな？
ルドヴィーコ　大半はバルベリーニ支持でしょう。
ガリレオ　バルベリーニか。
アンドレア　ガリレオ先生はバルベリーニ枢機卿をご存じですよね。
平修道士　バルベリーニ卿は数学者です。
フェデルツォーニ　学者が教皇の座につくのか！

（間）

ガリレオ　そうか。奴らもついに、バルベリーニのような数学をやったことのある人間を必要とするようになったわけだ！　事態は動きだしたぞ。フェデルツォーニ、いよいよ二かける二は四だと主張しても、犯罪者のようにびくびくしないですむ時代を経験できそうだ。（ルドヴィーコに向かって）このワインは実にうまい、ルドヴィーコ、君はどう思うかね？

ルドヴィーコ　おいしいです。
ガリレオ　この葡萄山を知っているんだよ。急で石ころだらけの斜面だ。葡萄はほとんど青くてね。私はこのワインが好きなんだよ。
ルドヴィーコ　はい、先生。
ガリレオ　ちょっと濁りがあってね。ほとんど甘口だが、ほとんど、というところで踏みとどまっている。アンドレア、道具を片付けるんだ、氷も桶も、針もだ。——私は肉体の楽しみというのを大事にしておってね。身体の弱さばっかり口にする臆病な輩《やから》には我慢ならん。私に言わせれば、享楽も立派な仕事だ。
平修道士　何をなさるおつもりですか？
フェデルツォーニ　また、地球が太陽の周りを廻るサーカス話を始めるわけです。
アンドレア　（鼻歌のように）
「聖書に曰く、地球は静止している、と。
学者先生も証明なさる、静止している、と。何度も。何度も何度も。
教皇は地球の耳をつかまえてそいつを止める。
それでも地球は動いている、のさ」

（アンドレア、フェデルツォーニ、平修道士は急いで実験台のところに行って、机を片付ける）

アンドレア　太陽も地球と同じように廻っていることだって、発見できるかもしれませんよ。もっともあなたにはお気に召さないかな、マルシーリさん。

ルドヴィーコ　なんでそう興奮するんですか？

サルティのおかみ　まさか、あの悪魔の道具をまたぞろ持ちだすんじゃないでしょうね、ガリレオ先生？

ガリレオ　なぜ君のお母さんが君を僕のところによこしたかが、やっとわかったよ。バルベリーニが教皇の座に有望というわけか！　知識は情熱となり、研究は快楽となる。クラヴィウスの懸念通り、僕は太陽黒点には興味があってね。ワインはうまいかね、ルドヴィーコ君？

ルドヴィーコ　もうお答えしましたよ、先生。

ガリレオ　本当においしいかね？

ルドヴィーコ　（こわばって）おいしいですよ。

ガリレオ　君は、ある男に職業を放棄するように要求しないと、その男の酒も娘も受け取れないって、わけじゃないんだろう？　私の天文学は娘とは無関係だ。金星の満ち欠けが娘の尻の形を変えたりするかね？

サルティのおかみ　そんな品の悪いことをおっしゃるもんじゃありません。すぐにヴィルジーニアを連れてきますよ。

ルドヴィーコ　（彼女を引き止めて）私のような家柄の結婚は、セクシャルな観点からだけで行うわけには参りませんので。

ガリレオ　私の試験期間の終わる八年の間は、私の娘との結婚も止められていた、というわけかい？

ルドヴィーコ　私の妻は村の教会の椅子に座っても立派でなくてはいけません。

ガリレオ　つまり、君の農民たちが小作料を払うか払わないかは、地主夫人が信心深いかどうかにかかっている、というんだね？

ルドヴィーコ　ある意味では、そうです。

ガリレオ　アンドレア、フルガンツィオ、真鍮《しんちゅう》の鏡とついたてをもってきておくれ！そいつに太陽の像を映すんだ、目を傷めないように、それが君のやり方だったよね、アンドレア？

（アンドレアと平修道士は鏡とついたてを持ってくる）

ルドヴィーコ　かつてローマであなたは、地球が太陽の周りを廻るサーカス話にはもう手は出さない、と署名をなさいましたよね、先生。

ガリレオ　ああ、そのことか！　あのときは教皇が保守的だったからだ。

サルティのおかみ　だった、ですって！　まだ教皇様はお亡くなりになってもいないのに！

ガリレオ　亡くなったも同然さ。ついたてに方眼の枡目をつけてくれ、方法論的に一歩前進するんだ。それにこうすれば、手紙の質問状にも答えられようからね、アンドレア？

サルティのおかみ　亡くなったも同然、ですって！　まったく、氷のかけらなら五十回も計るくらい慎重なくせに、自分の罰当たりな研究に都合のいいことなら、一遍に信じ込んでしまうんだから！

（ついたてが立てられる）

ルドヴィーコ　教皇がおかくれになったとしても、です、ガリレオ先生、次の教皇が誰になり、どんなに学問好きであられようとも、この国の高貴な家柄の人々が、教皇をどれだけ愛しているかに気を配らないわけにはいかないはずです。

平修道士　物理学の世界も神が創り給うたのですよ、ルドヴィーコさん。人間の頭脳も神の創造物、だから神は物理学を許し給うはずです。

サルティのおかみ　ガリレオさん、今度という今度は言わせてもらいますよ。自分の息子が「実験」だの「理論」だの「観察」だのといって罪に落ちていったときは、私は何もしてやれなかったけどね。お上に反抗したあんたは注意を受けて、偉い枢機卿さんたちが、病気の馬に接するように説得してくださった。それでしばらくは効き目があったんだけど、二カ月前のマリア様受胎告知のすぐ後だったか、あんたがまたこっそりその「観察」とやらを始めちまった現場を見たんですよ、屋根裏部屋でね！　わたしゃ、文句は言わなかったけど、分かってたんですよ。あわてて家を飛び出して、聖ヨゼフ様にお灯明をあげたもんだ。私の手に負えるもんじゃない。二人っきりのときは分別をわきまえたふりをして、「わかってる、危険だから用心する」などとおっしゃるけど、実験が二日も続けば、元の木阿弥でしょう。この私が天国にいけなくなったって自業自得、異端者の肩をもったんだから、でも娘さんの幸せまでその大足で踏みにじる権利は、あんたにも、断じてないんです！

ガリレオ（不機嫌に）望遠鏡を持ってきてくれ！

ルドヴィーコ　ジュゼッペ、馬車に荷物を戻してくれ。

（従者は退場）

サルティのおかみ　こんなこと、お嬢さんには耐えられませんよ。あなたがご自身でおっしゃるんですね！（壺を手に抱えたまま走り去る）

ルドヴィーコ　どうやら、先生はまた準備を始められたようですね。ガリレオ先生、母と私は一年の四分の三をカンパーニャ地方の領地で過ごします。そこのうちの農民たちが、あなたの木星の月に関する論文から不安を感じることはないと請け合ってもいい、畑仕事が辛《つら》すぎますからね。でも、教会の聖なる教理への冒瀆的な攻撃が処罰されないようになったと知ったら、混乱しかねないでしょう。動物のような状態のこの哀れむべき連中は、すべてをめちゃくちゃにしてしまう、それをお忘れになりませんよう。彼らは実際、獣《けだもの》なんですよ、あなたには想像もつかないでしょうが。林檎の樹に梨がなったという噂を聞けば、畑仕事を放り出しておしゃべりにまわる連中なんです。

ガリレオ （興味深げに）そうかね？

ルドヴィーコ 獣《けだもの》ですよ。連中がつまらないことで文句を言いに屋敷にやってくると、母はやむなくかれらの目の前で犬の鞭打ちをさせるんです。連中に躾《しつけ》や秩序や礼儀作法を思い出させるには、それしか方法がない。ガリレオ先生、ときには旅の途中で、馬車から花盛りのとうもろこし畑をご覧になることもあるでしょう。我々のオリーブやチーズは漫然と口にしておられるでしょう。その収穫にどれほどの苦労が、どれほどの監督が必要かなどお考えにもならないで！

ガリレオ お若いの、私はオリーブを漫然と口にしてなどいませんよ。（無遠慮に）君は僕の仕事を邪魔しているんだがね。（部屋の外に向かって）ついたてはあったかね？

アンドレア　はい。こちらに来られますか？
ガリレオ　君たちが躾のために鞭打つのは、犬だけじゃないんじゃないかね、どうです、マルシーリさん？
ルドヴィーコ　あなたは、ガリレオ先生、すばらしい頭脳の持ち主なんですね。お気の毒に。
平修道士（びっくりして）この男は先生を脅迫してますよ。
ガリレオ　そうさ、僕が彼の農民たちをけしかけて、新しい思想を吹き込まないとも限らないからな。彼の召使いやその管理人たちまでね。
フェデルツォーニ　でもどうやって？　連中はラテン語も読めないのに。
ガリレオ　私には、多くの人たちのために民衆の言葉で書くことだってできるんだよ、少数者のためのラテン語ではなく、ね。新しい思想に必要なのは、手を使って働く人たちだ。でなかったら、他に誰がものごとの原因を知りたがるかね。パンを食卓でしか見たことのない連中は、そのパンがどう焼かれたかには関心がない、だからパン屋によりも神に感謝したがる。だが、パンを作っている人たちなら、動かさないと何も動かないってことを、理解するだろうよ。オリーブの実を絞っているフルガンツィオ君の妹さんだって、太陽は貴族の金色の紋章ではなく、地球を動かしている梃子《てこ》で、だから地球は動いているんだと聞いても、たいして驚きもせず、笑って受け入れるんじゃあないかね。
ルドヴィーコ　ヴィルジーニアさんには、どうかあなたから謝っておいて下さい。もうあの方には会わないほうがよさそうですから。
ガリレオ　結納の品はいつでもお引き取り頂いて結構。
ルドヴィーコ　失礼します。（去る）
アンドレア　マルシーリ家のみなさんによろしく！
フェデルツォーニ　自分の館がひっくりかえらないように、地球に止まれと命令している人たちによろしく！
アンドレア　ツェンチ家やヴィラーニ家にもよろしく！
フェデルツォーニ　ツェルヴィリ家にもよろしく！
アンドレア　レッキ家にも！
フェデルツォーニ　ピルレオーニ家にも！

アンドレア　民衆を踏みつけにする教皇の足にばかり口づけする人たちに、よろしくね！

平修道士（みんなと同じように器械の傍《そば》に来て）ひらけた方が新しい教皇になられるのですね。

ガリレオ　さて、我々の関心の的である太陽黒点の観察を始めるとするか。ただし、新しい教皇の庇護《ひご》などあまりあてにせず、危険は覚悟の上で、だぞ。

アンドレア（彼の言葉をさえぎるように）ただし、ファブリチウスの黒点星雲説や、パリやプラハの黒点蒸気説を粉砕して、太陽の自転を証明できるという万全の確信をもって、です。

ガリレオ　太陽の自転を証明できるかもしれないといういくらかの確信をもって、だ。私の意図は、自分の正しさを証明することではなく、自分が正しかったのかどうかを探ること。いいか、君たちは一切の希望的観測を捨てて、観察にかからなくっちゃいけない。もしかしたら蒸気かもしれないし、斑点かもしれない。ともあれ、我々に好都合な黒点だと思う前に、魚の尻尾かもしれないと思ってみようじゃないか。一足飛びに魔法の靴で七マイル飛ぶんじゃなくて、かたつむりの歩みをすること。今日見つけたものも明日はリストから外して、もう一度見つけたときにあらためてリストに書き入れる。見つけたいと思っていたものが見つかったときこそ、なおさら疑いの目を向ける。要するに、地球の静止を証明するという厳しい決意をもって、太陽観察に取りかかることだ！　それに失敗して初めて、完璧に打ちのめされたときに初めて、自分の傷を舐《な》めながら、悲しい気持ちで、僕らは正しくなかったんじゃないか、やっぱり地球は廻ってるんじゃないか、と疑い始めるんだ。（ウィンクしながら）でもその時にこそ、この仮説以外のどんな仮説も我々の手から消えて研究もしないでしゃべくるだけの輩には、何の恩寵も残らなくなるんだよ。さあ、その望遠鏡のカバーをとって、太陽に向けようか！

（真鍮の鏡を正しく立てる）

平修道士　先生がもうこの研究を始めておられたのは、分かっておりました。マルシーリさんの顔がお見分けになれなかった時に、そう思いました。

（一同は黙って観察を始める。鏡に映った太陽の像がついたてに燃えながら現れたとき、花嫁衣装を着たヴィルジーニアが駆け込んでくる）

ヴィルジーニア　あの方を追い返してしまったのね、お父さまは！（失神してしまう）

（アンドレアと平修道士が彼女の元に駆け寄る）

ガリレオ　私には、知らなきゃならんことがあるんだよ。

第10景

続く十年の間、ガリレオの学説は民衆の間に広がっていく。瓦版屋や大道演歌師たちが至るところで彼の新説を話題にする。一六三二年の謝肉祭《カーニヴァル》のときには、イタリア中のたくさんの都市が、職人組合の謝肉祭パレードに、天文学のテーマを取り上げたのだった。

(市のたつ広場。仮面をつけた人をまじえた群衆が、謝肉祭パレードを待っている。そこに五歳の女の子と乳飲み子を連れた、今にも飢え死にしそうな大道演歌師の芸人夫婦がやってくる。芸人夫婦は、包みと太鼓と家財道具を引きずっている)

大道演歌師 （太鼓を鳴らしながら）さあさあ、紳士淑女の町の衆！　謝肉祭の大行列の来る前に、フィレンツェでいま大流行《おおはや》りの歌をお聞かせいたしましょう、北イタリア中で流行っているこの歌は、私らが手間暇かけてもち参ったもの。題しましては、「宮廷物理学者ガリレオ・ガリレイ先生の、驚嘆すべき学説」、別名「未来の味見」（歌う）

全知全能の神様は、天地創造のその際に
太陽に向かって叫ばれた、「そちは我が命により
ランプを掲げて地球の周りを廻るのだぞ
きちんと輪を描いて下女のように」と。
神様が望まれたのは、これ以降は永遠に、
すべてが自分より立派なものの周りを廻ること。
そこで廻り始めたのさ、
けちなものは立派なものの周りを、
下のものは上のものの周りを、

それは天でも地でも同じこと。
教皇さんの周りを枢機卿さんが廻り、
枢機卿さんの周りを僧正さんが廻り、
僧正さんの周りを神父さんが廻り、
神父さんの周りを貴族さんが廻り、
貴族さんの周りを職人さんが廻り、
職人さんの周りを召使いさんが廻り、
召使いさんの周りを犬さんが廻り、
にわとりさんと乞食さんも廻る。

これこそ皆の衆、神学者先生の言葉を借りますならば、オルド・オルディウム（偉大なる秩序）、あるいはレグラ・エテルニス（規則の中の規則）、であります。
ところが、皆の衆、何が起こったか？（歌う）

すっくと立ち上がったガリレオ先生、

(聖書を捨てて、望遠鏡を取り出して、宇宙をちょいと覗きこんで)

太陽に向かってのたもうた、「止まれ! これからはクレアティオ・デイ(神の被造物)、は逆に廻るのだ。

これからはご主人の大地が、下女の太陽の周りを廻るんだ」、と。

大変なことでしょ、冗談じゃない!
召使いたちは、そんなことすれば日に日に増長していく!
だってこいつは滅多にないお楽しみ。考えてもご覧《ろう》じろ、
自分の主人、自分の親分になりたくないご仁がいますかね?
尊敬おくあたわざる町の衆!
こんな学説、ありえたもんじゃございませんよねえ。(歌う)

これじゃ、下男は怠け、下女は生意気になる。
肉屋の犬もぶよぶよ太り、
ミサの童《わらべ》もお勤めに来なくなり、

見習い徒弟も朝寝坊になっちまう。

いや、いかん、いかん！　聖書を馬鹿にしちゃいけませんよねえ、皆の衆。
私らの首にかける縄は太くしとかなくっちゃあ、千切れっちまう！
だってこいつは滅多にないお楽しみ。考えてもご覧じろ、
自分の主人、自分の親分になりたくないご仁がいますかね？
善良なる町の衆！　ガリレオ・ガリレイ博士の予言する、未来の姿をご覧じろ。

（歌う）

魚屋の前で、二人の奥さんが思案中、
入ろうか、入るまいか、と決めかねて。
だって、魚屋のおかみさん、パンを抱えて
売り物の魚を自分でたいらげているんだから！
石工だって、敷石を掘り返し、
旦那の石まで運び出して、

そいつで家をおっ建てて、
　自分でそこに住みこんじまう！

こんなことあっていいんでしょうかね？
いや、いかん、いかん！　冗談じゃない！
私らの首にかける縄は太くしとかなくっちゃあ、千切れっちまう！
だってこいつは滅多にないお楽しみ。考えてもご覧じろ、
自分の主人、自分の親分になりたくないご仁がいますかね？

今じゃ、小作人が臆面もなく、
地主の旦那の尻をけり飛《と》ばす。
小作人の女房は自分の子供に
お坊様にあげていた牛乳を飲ませっちまう。

いや、いかん、いかん！　聖書を馬鹿にしちゃいけませんよねえ、皆の衆。

私らの首にかける縄は太くしとかなくっちゃあ、千切れっちまう！
だってこいつは滅多にないお楽しみ。考えてもご覧じろ、
自分の主人、自分の親分になりたくないご仁がいますかね？
大道演歌師の女房　こないだ、あたしゃ、羽目を外して、
うちの亭主に言ってやったのさ、
試してみようよ、あんたの仕事だって、
あたしのほうがうまいんじゃないかねって。
大道演歌師　いや、いかん、いかん！　駄目、駄目、駄目！
いい加減にしろ、ガリレオさん！
狂犬の口輪を外しちまったら、嚙み付かれるよ。
そりゃ、たしかさ、こいつは滅多にないお楽しみ。
自分の主人、自分の親分になりたくないご仁がいますかね？
夫婦二人　汝、この地上で苦しみ嘆くものたちよ、
立ち上がれ、汝らのか弱き力を奮い立たせよ、
そして善良なるガルレー先生から学ぶのだ、

地上の幸福の偉大なるイロハを。
従順こそが昔から人間試練の十字架だった、
自分の主人、自分の親分になりたくないご仁がいますかね？
大道演歌師　尊敬おくあたわざる町の衆！　ガリレオ・ガリレイの偉大なる発見をご覧じろ、地球が太陽の周りを廻るところを！（激しく太鼓をたたく）
（女房と子供が前に進み出る。女房は稚拙な太陽の絵をもって、女の子は地球を表す南瓜《かぼちゃ》を頭の上に抱えて女房の周りを廻る。女の子が太鼓の音に合わせて一歩ずつ後ずさりすると、大道演歌師はそれがまるで危険な死の跳躍《サルト・モルターレ》でもあるかのように、おおげさに子供を指さす。そのとき背景奥から太鼓の響きが聞こえてくる）
低い声（叫ぶ）カーニヴァルの行列が来たぞ！
（襤褸《ぼろ》を着た二人の男が小さな車を引いて登場。その滑稽な玉座の上には、ボール紙の王冠をかぶり、粗末な衣装をまとった「フィレンツェの大公」が座って、望遠鏡を覗いている。玉座の上には「厄介ものをお見張り中」という札がかかっている。そこに大きな麻布をかかげた四人の仮面の男が登場し、立ち止まると、枢機卿を表わす人形を空中に投げる。その間に「新時代」と書かれたプラカードをもった小人が脇のほうに位置を占める。群衆の中から松葉杖をついた一人の物乞いが立ち上がり、大地を踏みならしながら踊りだすが、最後に音をたてて倒れてしまう。等身大以上の大きなガリレオ・ガリレイの人形が登場して、群衆に挨拶する。その前で一人の男の子が、聖書のバッテン印のついたページを開いて掲げている）

大道演歌師 聖書の破壊者ガリレオ・ガリレイ！

（群衆の大きな笑い）

第11景

一六三三年、異端審問所は、世界的に有名になったこの学者をローマに召喚する。

底のほうは熱いのに、上のほうは冷たいまんま。
巷《ちまた》の路地は賑《にぎ》やかなのに、宮廷はひっそり。

(フィレンツェのメディチ家の館の控えの間と階段。ガリレオと娘のヴィルジーニアが大公への謁見を許されるのを待っている)

ヴィルジーニア　ずいぶんと待たされるのねえ。

ガリレオ　ああ。
ヴィルジーニア　私たちをここまでつけてきた人が、またそこにいるわよ。
（彼女は二人を見ないで通り過ぎた怪しげな人物を指さす）
ガリレオ　（目を病んでいる）知らんぞ、あんな奴。
ヴィルジーニア　ここのところしょっちゅう見かけるのよ。気味の悪い人。
ガリレオ　馬鹿馬鹿しい！　私らの住んでいるのはフィレンツェだ、コルシカの盗賊のところじゃないんだよ。
ヴィルジーニア　あら、学長のガッフォーネさんだわ。
ガリレオ　あいつこそ、こわいよ。あの馬鹿につかまるとまた何時間もお喋りの相手をさせられるからな。
（ピサ大学学長のガッフォーネが階段を下りてくるが、ガリレオを見るとぎょっとして、顔を引きつらせながら横を向き、身体を強張らせながら殆ど会釈もなしに二人の傍を通りすぎる）

ガリレオ　あいつ、どうしたんだい？　私の目は、今日はまたよく見えなくってね。そもそも、あいつ、挨拶したかい？

ヴィルジーニア　殆どなさらなかったわね。——お父さまの本には何が書いてあるの？　異端だと思われる可能性があるのかしら？

ガリレオ　お前は教会に関わりすぎるぞ。早起きしてミサに駆け込んだりするから、ますます顔色が悪くなるんだ。私のために祈っとるのか？

ヴィルジーニア　あら鋳物工場のヴァンニさんよ、昔、お父さまが溶鉱炉を設計して差し上げた方。ウズラを頂いたお礼を言うのを忘れないでね。

（一人の男が階段を下りてくる）

ヴァンニ　お送りしたウズラの味は如何でしたかな、ガリレオ先生？

ガリレオ　あのウズラは旨かった、ヴァンニ親方！　重ねて礼を言いますぞ。

ヴァンニ　上の階では先生の話で持ち切りでしたよ。最近いたるところで売られている、聖書への攻撃文書の責任者は先生だ、と。

ガリレオ　そんな攻撃文書なんて知りませんよ。聖書とホメロスは私の愛読書だ。

ヴァンニ　たとえそうであろうとも、です。この機会にお約束しておきますが、我々手工業者は先生の味方ですからな。私は星の運行のことはとんと疎い人間ですが、先生が新しい事柄を学べる自由のために闘っておられることはわかります。例えば、先生は私のためにドイツ製の農耕機の図面を描いて下さった。ロンドンでは、去年だけで農業に関する本が五冊も出ている。オランダの運河についての本も、ここで出れば実に有り難いんですがねえ。先生のお仕事の邪魔をしているあの連中は、ボローニャの医師たちにも、研究目的の死体解剖を禁止しているのですよ。

ガリレオ　あなたの声はよく通るんですよ、ヴァンニさん。

ヴァンニ　聞こえていいんです。ご存じですか、アムステルダムやロンドンでは為替《かわせ》市場が開かれているらしい。職業学校もあるんですよ、ニュース満載の新聞も定期的に出ているとか。それなのにここイタリアでは、金を儲ける自由もない。鋳物工場の建設も反対されている、一カ所に労働者が集まりすぎると、けしからん要求を出しかねないっていうんですからねえ！　私は先生のような方となら生死を共にしてもいい、ガリレオ先生。もしあなたに対してよからぬことを企むものがあったりしたら、どうか、職人のすべての分野にあなたの味方がいることを思い出して頂きたい。あなたの背後には、北イタリア中の都市が控えているのですから、先生。

ガリレオ　私の知る限り、私に対してよからぬことを企んでいる者などいないよ。

ヴァンニ　いませんかな？

ガリレオ　いない。

ヴァンニ　私の考えでは、先生はヴェネツィアにいらしたほうがよくはありませんか？　あそこなら、坊主も少ないし。あなたも闘いに応じられましょう。旅行用の馬車や馬なら、用意して差し上げられますよ、ガリレオ先生。

ガリレオ　亡命者になるのは耐えられないね、私は快適なのが好きなんだ。

ヴァンニ　そりゃそうでしょうが、でも私が上で耳にした限りでは、事態は急を要しています。彼らは、先生をもうフィレンツェには置いておきたくないようでしたよ。

ガリレオ　馬鹿な。大公は私の教え子ですよ、それに教皇ご自身だって私を縄にかけようという企てには禁止を命じて下さるはずだ。

ヴァンニ　どうも先生には、敵と味方の区別がおつきになっていないようですな、ガリレオ先生。

ガリレオ　権力と無力の区別はつくよ。（ぶっきらぼうに離れていく）
ヴァンニ　そうですか。では幸運をお祈りしますよ。（去る）
ガリレオ　（ヴィルジーニアの傍に戻ってきて）この国では不平不満のある連中は寄ってたかって私を音頭取りに使おうとする。とりわけ、私には役に立たん場所でな。私は宇宙の体系についての本を書いた。それだけだ。それがどう使われようが、使われまいが、私の知ったことではない。
ヴィルジーニア　（大声で）この間の謝肉祭の時にあっちこっちで起こったことについて、お父さまがどんなに厳しい非難をなさったか、あの方たちに聞いて頂きたいわね！
ガリレオ　そうとも。ひもじがってる熊に蜂蜜などやったら、手まで食われちまう！
ヴィルジーニア　（小声で）そもそも今日は大公がお父さまをお召しになったの？
ガリレオ　いや。わしが参上したいと申し出たのさ。欲しがっておられる本『天文対話』のことだろう」があって、そのお代はもう貰ってあるんでね。役人をつかまえて、いつまでここに待たせる気かと、文句を言ってきてくれんかね。
ヴィルジーニア　（怪しい男に尾行されながら、一人の役人に話し掛けに行く）ミンツィオさん、父が殿下にお目通りに参上していることを、殿下はご存じかしら？
役人　私が知るわけがないでしょう。
ヴィルジーニア　それじゃ、答えにならないわ。
役人　なりませんかね？
ヴィルジーニア　もっと丁寧に答えて頂きたいわね。
（役人は彼女になかば背を向けて、怪しい男を見ながらあくびをする）
ヴィルジーニア（戻ってきて）大公様はまだご用がおありなんですって。
ガリレオ　お前が「丁寧に」とかなんとか言っているのが聞こえたがね、何だったんだい？
ヴィルジーニア　丁寧に答えてくれてありがとう、って言ったのよ。それだけよ。ご本をここに預けてはいらっしゃれないの？　時間がもったいないわ。
ガリレオ　時間にどれだけの価値があるか、考え始めているところだ。サグレドが二、三週間パドヴァに来ないかと招待してくれているから、応じたっていいかなと。健康状態も最上とは言えんからなあ。

ヴィルジーニア　ご本なしでは生きられないくせに。
ガリレオ　シチリアのワインを一、二箱馬車に積んでいってもいいな。
ヴィルジーニア　あれは運送するとまずくなるって、いつもおっしゃってるじゃないの。それにまだ宮廷から三カ月分のお給料を貰ってないのよ。後から送ってくれるはずないわ。
ガリレオ　それは確かだ。
（異端審問所長官の枢機卿が階段を下りてくる）
ヴィルジーニア　異端審問所長官の枢機卿様だわ。
（彼は通り過ぎながら、ガリレオに恭しくお辞儀をする）
ヴィルジーニア　異端審問所長官の枢機卿様がフィレンツェに何のご用かしら、お父さま？
ガリレオ　さあ、分からん。だが、敬意は表して行ったじゃないか。フィレンツェに来て以来、私がずっと沈黙を守ってきたことの意味は自分でも分かっていたさ。

だから覚えがめでたくなって、奴らもあるがままの私を受け入れざるを得なくなったのさ。

役人 （叫ぶ）大公殿下のおなり！

（コジモ・デ・メディチが階段を下りてくる。ガリレオが彼のほうに歩み寄ろうとすると、コジモはいささか当惑したように立ち止まる）

ガリレオ 殿下に、ふたつの最も重要な世界体系についての私の本をお捧げしようと……。

コジモ ああそう。目の具合はどうですか？

ガリレオ よいとは申せません、殿下。もしお許し下さるならば、殿下にこの本を……。

コジモ あなたの目の具合が心配です。本当に心配なのですよ。どうもあなたは、あの素晴らしい望遠鏡を少し熱心にお使いになられ過ぎたのではありませんか？

（彼は本を受け取らずに行ってしまう）

ガリレオ　本を受け取らなかったよ、なぜだ？

ヴィルジーニア　お父さま、私、恐いわ。

ガリレオ　（声を落としてきっぱりと）顔に出すな。ここから家に帰らずに、ガラス工のヴォルピのところに行こう。彼の家の隣の酒場の庭に、空の酒壜を積んだ馬車を用意しておくよう、頼んでおいたんだ、いつでもそれでこの町から出ていけるように。

ヴィルジーニア　ご存じだったの……。

ガリレオ　きょろきょろするんじゃない。

（二人は去ろうとする）

高位の役人　（階段を下りてくる）ガリレオ先生、あなたをローマで聴聞したいという異端審問所の要求に対して、フィレンツェの宮廷はもはや抵抗できなくなったことを、あなたにお伝えするよう仰せつかりました。異端審問所の馬車があなたをお待ちしておりますので、ガリレオ殿。

第12景

教皇[26]

（ヴァチカン教会教皇庁内の部屋。教皇ウルバヌス八世〔以前のバルベリーニ枢機卿〕が、異端審問所長官の枢機卿を引見している。引見の間に、教皇は自分にだんだんに衣装の着衣をさせていく。外からたくさんの人のひきずるような足音が聞こえている）

教皇（非常に大きな声で）駄目だ、駄目と言ったら駄目です！

異端審問所長官　それでは猊下は、ここに集まっているすべての学部の博士たち、教皇庁の代表者や聖職者、聖書に記されている神の御言葉を子供のように信じて、猊下にその信仰の正しさを確証して欲しいとやってきているすべての者に対して、聖書はもはや正しいとはみなされないとお伝えになるおつもりですか？

教皇　私には、計算図表を破棄させたりすることなどできない。それは駄目です！

異端審問所長官　計算図表は計算図表であって、反抗や疑いの精神ではない、とあの連中も申している。だが、単なる計算図表の問題ではなく、恐るべき混乱がこの世界に持ちこまれたのです。彼らは、自分の頭脳の混乱を不動の大地に持ち込んで、数字がそう仕向けるのだと叫んでいる！　しかし、その数字はどこからくるか？　疑いから生まれていることは、誰もが知っている。この連中はすべてを疑うのですから。我々にまで、この人間社会の根拠をもはや信仰にではなく、疑いに置くようにさせるおつもりですか？　「あなたは私の主人だが、それがいいことなのかどうかは疑わしい」、「これは君の家で、君の妻だが、それが私のものになるべきではないかと疑っている」、という具合です。他方で、猊下は芸術の

26　第7景で登場したバルベリーニ枢機卿が、教皇ウルバヌス八世となって、衣装をまとう間に教皇としての立場になっていく様子が示される。異端審問所長官の教皇に対する批判の論拠にもあるように、三十年戦争（一六一八～四八）では、ハプスブルク皇帝への対応や教会政策をあやまったとされ、旧教軍の旗色を悪くしていた、とされる。

愛好家で、おかげで我々も素晴らしいコレクションを持つことになったわけですが、ローマの家々の壁には中傷めいた解釈の落書きもなされている、「野蛮人《バルバロイ》たちでさえローマから持ち出さなかったものを、バルベリーニ家がローマから強奪した」と。それでは外国ではどうか？　神は教皇の玉座に厳しい試練を課すおつもりのようですよ。猊下のスペイン政策は、見通しをもたない連中には理解されておらず、ドイツ・ハプスブルク皇帝との確執も遺憾とする者が多い。この十五年来、ドイツは戦場になっていて、死骸の山、お互いに聖書の文句を口にしながら、肉を切り裂きあっている。ペストや戦争や宗教改革でキリスト教世界が四分五裂しているこんなときに、カトリックのドイツ皇帝の力を弱めようと、猊下が新教のルター派のスウェーデンと秘密の同盟を結ぼうとしている、という噂さえ、ヨーロッパ中に広まっております。その上に、あの数学者の毛虫どもがあの筒を天に向け、猊下がまだ攻撃を受けておられない唯一の領域である科学においても、ろくに分かっちゃいないのだと世界に言いふらしているのです。天文学のような浮世離れした学問に、何で突然こんなに関心が寄せられるようになったのか。天体がどう回転していようがどうでもいいではないか、とも考えられましょう。しかしイタリア中で、下は馬丁にいたるまで、あのフィレンツェ人「ガリレオのこと」の悪例にならって、金星の満ち欠けの噂をし、そして同時に、学校やそのほかの場所で、これまで揺るぎないと説明されまた重い負担にもなっていることを、誰もが考えないようになってきているのです。誘惑に弱く、極端に走りやすいこの連中が自分の理性しか信じないようになったら、いったいどうなるか。自分の理性こそが唯一の判断基準だと言ったのが、あの気のおかしな男なんですよ！ こうした連中が、「太陽はギベオンに静止している」ということをいったん疑いだしたら、祈禱文《きとう》にまで汚らわしい疑いをかけたがるようになるでしょう！ 彼らは大海に乗り出して以来——私はそのことに反対ではないのですが——羅針盤と呼ばれる真鍮の球のほうを神よりも信頼するようになっている。あのガリレオが若いころから機械についていろいろと書いてきたものだから、彼らも機械で奇跡を起こしたがるようになっているのです。どんな奇跡か？ いずれにせよ神様を必要としない奇跡です。たとえばどんな奇跡か？ もはや上下の区別は存在せず、そんなものは必要ない、とか。彼らにとってはもはや死んだ犬同然のアリストテレスはこう言っている、この個所は彼らも引用するのですがね、

「もし糸車がひとりでに糸をつむぎ機《はた》が布を織り、チターの爪がひとりでに音を奏でるようになったら、その時には親方は職人を、主人は下男を必要としなくなるだろう」と。そして彼らは、もうその地点まで来ているのです。天文学の例の邪悪な男は、自分のやっていることの意味をちゃんと心得ていて、天文学の書物もラテン語ではなく、魚屋のおかみや生地商人の使う言葉で書いている、というわけです。

教皇　それは悪趣味だ。あの男にそう伝えよう。

異端審問所長官　彼は人々を扇動《せんどう》したり、誘惑したりしているのですよ。北イタリアの港湾都市では自分たちの船のために、ますますガリレオの星図を必要とするようになっている。そのうちに我々も譲歩せざるをえなくなるでしょう、物質的な利害なのですから。

教皇　しかし、その星図は彼の異端的な主張に基づいている。彼の学説を否定したら、決して起こることのないある種の星の運行を想定しているのだから。学説は断罪しながら、星図は採用する、というわけにはいかないのではないか。

異端審問所長官　どうしてです？　それ以外に方法はないのですよ。

教皇　あの足を引きずる音を聞いているとイライラしてくる。あの音にばかり気を取られているようだったら、お許し願おう。

異端審問所長官　あの足音のほうが、私の言葉よりも、猊下には圧力になるかもしれませんな。あの方たちが皆、ここから、疑惑を抱いたまま立ち去るようなことになってもよろしいのですか?

教皇　しかしあの男は何といっても現代最高の物理学者で、イタリアの希望の星なのですよ。ただの気のおかしな男ではない。友人も多い。それにヴェルサイユの宮廷も、ウィーンの宮廷も見ているのです。彼らが教皇庁のことを、腐った先入見のごみ溜めと呼ぶようになってもいいのですか? 彼からは手を引きましょう!

異端審問所長官　実際にはたいしたことをする必要はないのですよ。彼は肉体的な人間です。すぐに降参するでしょう。

教皇　彼は、私の会ったどんな人間よりも楽しみというのを心得ている男だ。感覚でものを考える。古いワインと新しい思想には嫌とは言えない。そして私にも、物理学のデータを断罪したり、かたや教会、かたや理性と分かれて、闘いの声を上げたりする気はないのですよ。これまでも、もし著作の最後に結論を下すのは科学ではなく、信仰なのだという意見が添えてあれば、彼には著述を許してきたのですから。彼はそれを守ってきた。

異端審問所長官　だが、どう守ってきたか？　彼の本の中では[27]愚かな男と――もちろんアリストテレスの代弁者ですが――それと賢い男とが――こっちは言うまでもなくガリレオの意見の代弁者です――その二人が論争するのです、そして結論を下すのは、どちらだと思われますか、猊下？

教皇　なんで今また、そんなことを？　で、我々の立場を代弁しているのはどっちですか？

異端審問所長官　賢い男のほうではありません。

教皇　それはたしかに破廉恥だ。あの廊下の足音には、もう我慢ができない。世界中が押し掛けてきているのか？

異端審問所長官　世界中ではありませんが、その最上の部分は参っております。

（間。教皇はここで完全に礼装を着け終える）

教皇　一番極端な場合でも、拷問機械を見せる、というくらいなら。

異端審問所長官　それで十分でしょう、猊下。ガリレオ氏は、機械のことはよく心得ておりますから。

27　ガリレオが一六三二年二月に発表した『天文対話』には、シンプリオ（単純）という名の愚かな男が登場するが、それがウルバヌス八世をさしているという風評が立って、教皇のガリレオに対する処置に影響したという説もあるようだ。

第13景

一六三三年六月二十二日、ガリレオ・ガリレイは、異端審問所で自らの地動説を撤回する。

それは、あっという間に過ぎ去った六月のある日、
君にも僕にも大事な日だったのに、
理性が暗闇から抜け出して
まる一日、戸口の前に立っていたのに。

（ローマ駐在のフィレンツェ公使の館。ガリレオの弟子たちが知らせを待ってい

る。平修道士とフェデルツォーニは、駒の動きが大きくなったチェスをしている。片隅ではヴィルジーニアが跪《ひざまず》いてアヴェ・マリアを唱えている)

平修道士　教皇は引見しては下さらなかった。もう学問的な討論の可能性はないのだ。

フェデルツォーニ　教皇が最後の望みだったのにな。彼がまだバルベリーニ枢機卿だった頃、何年も前だが、彼がローマで先生に言ったことは本当だったんだよ、「我々にはあなたが必要です」と。いま先生は奴らの手の中だ。

アンドレア　奴らは先生を殺すかもしれない。『新科学対話《ディスコルシ》』ももう書き上げられることはないんだ。

フェデルツォーニ　(彼を盗むように見て)そう思うかい？

アンドレア　だって、先生が撤回なさるはずはないからね。

(間)

平修道士　夜中に眠れないでいると、つまらないことばっかりしつこく考えるものなんですね。たとえば昨夜《ゆうべ》は、先生はヴェネツィア共和国を去るべきではなかったんじゃないか、とずっと考えていた。
アンドレア　でもあそこじゃ、本を書く暇がなかった。
フェデルツォーニ　だけどフィレンツェでは、本を公刊できなかった。

（間）

平修道士　それから、先生がいつもポケットに入れているあの小石まで、奴らは取り上げるのだろうかってことも考えていた。あの証明のための石です。
フェデルツォーニ　奴らが先生を連れて行ったところには、ポケットのある服なんぞ着てはいけないだろうよ。
アンドレア（叫ぶ）奴らにそんなことができるもんか！　たとえ奴らが手を出したとしても、先生が撤回なさるはずはないよ。「真理を知らぬ者は馬鹿だが、真理を知りながらそれを嘘だと言う者は犯罪者だ」、だからね。
フェデルツォーニ　俺だってそう思うよ。もし先生が撤回されたら、俺も生きてはいたくない、だけど奴らは暴力を使うからねえ。
アンドレア　暴力を使えば何だってできるってわけじゃないでしょう。

フェデルツォーニ　もしかしたらね。

平修道士（小声で）先生は二十三日も牢屋に入れられて、昨日が大審問だった。そして今日が会議だ。（アンドレアが聞き耳をたてているので、大声になって）昔、あの教会の決定の出た二日後に僕が先生をここに訪ねたとき、あそこに二人で座ってたんだよ。すると先生は、庭の日時計の脇にあるあの小さなプリアポスの像を指さして、ご自分の仕事を、一語一句も変更できないホラティウスの詩にたとえられた。真理を追求せずにはいられなくなってしまう美的感覚について話されてから、先生のモットーを教えて下さった、「ヒエメ・エト・アエスターテ・エト・プロウペ・エト・プロクル、ウスクエドゥム・ヴィーヴァム、エト・ウルトラ（冬も夏も、近くにあっても遠くにあっても、私の生のある限り、さらに死後までも）」。真理のことを言っておられたのだ。

アンドレア（平修道士に向かって）ローマ学院で奴らが先生の望遠鏡で調査していた間、先生がどんなふうに待っていたか、もう彼には話した？　話してあげてよ！（平修道士は首を横に振る）まったくいつも通りだったたんだ。両手を腿《もも》のうえに乗せて、お腹を突き出して、こう言われた、「どうか、理性をお持ち下さい、皆さ

ん！」。（笑いながらガリレオの真似をする）

（間）

アンドレア（ヴィルジーニアのことを）彼女は先生が撤回なさるよう祈ってるんだ。

フェデルツォーニ　ほっときなさい。連中と相談するようになってから、あの人は混乱しちまったんだよ。連中はフィレンツェから彼女の告解神父まで呼び寄せたんだぜ。

（フィレンツェ大公の宮殿にもいた怪しい男がやってくる）

怪しい男　ガリレオ殿は間もなくお見えになります。たぶん、ベッドを必要となさるでしょう。

フェデルツォーニ　釈放になったんですか？

怪しい男　五時にガリレオ殿は異端審問会議の席上で自説を撤回されることになっております。サン・マルコ寺院の鐘が鳴らされ、自説撤回の文書が公けに布告されるでしょう。

アンドレア　そんなこと、信じないよ。

怪しい男　路地には人だかりがしているので、ガリレオ殿は屋敷裏のこの庭から連れてこられるはずです。(去る)

アンドレア　(突然大声で)月は地球と同様に自分自身の光はもたない、金星もやはり自分自身の光をもたずに、地球と同様に太陽の周りを廻っている。木星は恒星の高さにあって、どんな殻にも固定されてはおらず、その周りを四つの月が廻っている。そして太陽は世界の中心であり、その位置にあって不動、しかし地球は中心ではなく、不動でもない――それを教えてくれたのは、先生だったじゃないか。

平修道士　たとえ暴力を使っても、見たものを見なかったことにはできない。

(沈黙)

フェデルツォーニ　(庭の日時計を見ながら)五時だ。

(ヴィルジーニアの祈りが激しくなる)

アンドレア　待ってなんかいられないよ、ねえ皆。奴らは真理の首をはねようとしているんだよ！

（彼は耳を押さえる、平修道士も同じようにする。が、鐘の音は鳴らない。ヴィルジーニアのぶつぶつ祈る声だけが聞こえ、しばらく間があってから、フェデルツォーニが否定するように首を振る。二人は耳をふさいでいた手を下ろす）

フェデルツォーニ　（かすれ声で）何も聞こえない。もう五時三分過ぎだ。

アンドレア　先生は抵抗しておられるんだ。

平修道士　撤回されないんだ！

フェデルツォーニ　されるものか。ああ、俺たちは幸せ者だ！

（三人は抱きあって、喜びにあふれる）

アンドレア　つまりは暴力も効果なし！　暴力も何だってできるわけじゃない！　つまりは愚かさの敗北。愚かさも不死身ではない！　つまりは、人間は死をも恐れないということだ！

フェデルツォーニ　今こそ本当に知識の時代が始まるのだよ。その誕生のときだ。先生が撤回なさっていたらどうなっていたか、考えてみろよ！
平修道士　口には出さなかったけど、実は不安でいっぱいだったんだ。僕はなんと信じる力のない人間なんだろう！
アンドレア　僕には分かっていたんだ。
フェデルツォーニ　撤回されていたら、朝が突然、夜になったような気分だったろうね。
アンドレア　山が、俺は川だと言ったようなもんだったろうよ。
平修道士　（泣きながら跪《ひざまず》いて）主よ、感謝します！
アンドレア　今日からすべてが変わるんだ！　虐げられていた人間が頭をあげて、自分は生きることができる、と言うんだよ。たった一人が立ち上がって否と言っただけで、こんなにすごいことが成し遂げられるんだ！
（この瞬間、サン・マルコ寺院の鐘がうめくように鳴り始める。一同、硬直したように棒立ちになる）
ヴィルジーニア　（立ち上がって）サン・マルコ寺院の鐘だわ！　お父さまは呪いを受けられなかった！

（通りのほうから、ガリレオの自説撤回の文書を読み上げる布告役の声が聞こえてくる）

布告役の声　「私こと、フィレンツェの数学と物理学の教師であるガリレオ・ガリレイは、太陽が世界の中心であり、その位置にあって不動、そして地球は中心ではなく、不動でもないという、これまでの私の教えを捨てることを誓います。また、こういった誤謬や異端的なるもの、あるいはヴァチカン教会に背くような一切の誤謬や偏見を、偽りのない信仰心から、誠心誠意を以《もっ》て、否認し、罵倒し、呪詛することを誓います」

（暗転。再び明るくなったとき、鐘の音はまだ続いているが、やがて鳴り終わる。ヴィルジーニアは退場してしまっている。ガリレオの弟子たちはまだ残っている）

フェデルツォーニ　あの人は君の仕事にまともに報酬を払ったことなどなかった。ズボンも買えず、自分の書いたものを発表することもできず。そんな苦労に耐えてこられたのも、「科学のために仕事をしていた」からだったのに。

アンドレア (大声で) 英雄のいない国は不幸だ!

(この間にガリレオが登場してきている。査問を受けたためにほとんど彼と見分けがつかないほどに変わり果てている。アンドレアの台詞を聞いてしまった。しばらく入口で出迎えてもらえるのを待っているが、弟子たちは後ずさりして誰も出迎えないので、自分でゆっくりと、目が悪いため覚束《おぼつか》なげに前に歩いてきて、床几《しょうぎ》を見つけて腰かける)

アンドレア こんな奴、見ちゃいられないよ! 出てってもらおう。

フェデルツォーニ 落ち着くんだ!

アンドレア (ガリレオに向かって) 大酒飲み! 食道楽! 自分の大事な身体だけは守ったってわけかい? (座り込む) 気分が悪い。

ガリレオ (静かに) 水を持ってきてやりなさい!

（平修道士が外に出て水をコップ一杯持ってくる。皆は、耳を傾けながら、床几に座っているガリレオを無視する。遠くからまた布告役の声が聞こえてくる）

アンドレア　ちょっと手を貸してくれれば、もう歩けるよ。

（二人はアンドレアを戸口のほうに連れていく。この瞬間にガリレオが口を開く）

ガリレオ　違うぞ。英雄を必要とする国が不幸なのだよ。

幕前での朗読　「三〜四エレ[28]の高さから落ちると、馬は足の骨を折るのに、犬なら無傷であり、猫にいたっては五、六エレの高さからであっても、コオロギならば塔のてっぺんから、蟻だったら月から落ちても大丈夫だろうということは、明らかなことではないか。小さな動物は大きな動物より比較的に力があって強いように、植物も小さいほうが耐久力がある。たとえば二百エレの高さの樫の木に小さな樫の木と同じような割合で枝がついていたら、持ちこたえることはできないだろう。普通の馬二十頭分の大きさの馬や、人間の十倍の大きさの巨人も、自然は作り出すことはできはしない、すべての肢体、とくに骨の割合を変えない限り。その場合でも、骨の割合は桁《けた》外れの大きさで強化する必要があるだろう。――大きな機械も小さな機械も耐久度においては同じだ、という俗説の間違いは、明々白々である」

ガリレオ『新科学対話《ディスコルシ》』より。

28 エレはドイツの長さの単位で、肘《ひじ》から手先までの長さ五五センチほど。二メートルと考える。二百エレは一一〇メートルくらいになるが、たとえ話だろう。

第14景

一六三三年～一六四二年、ガリレオ・ガリレイはフィレンツェ近郊の別荘に住み、死ぬまで異端審問所の囚われ人であり続けた。『新科学対話《ディスコルシ》』の執筆。

一六三三年から一六四二年まで、ガリレオ・ガリレイは、終生教会の囚人。

（机、革の椅子、地球儀の置かれた大きな部屋。すでに年老い、ほとんど目の見えなくなったガリレオが、曲がった木の樋《とい》に小さな木の球を落とす実験を慎重に繰り返している。控えの間には一人の僧侶が座っていて、それを監視している。玄関の扉をたたく音がする。僧侶が扉を開けると、毛をむしった二羽のガチョウをもった農夫が登場。ヴィルジーニアが台所から出てくる。いまはもう四十歳くらいになっている)

農夫 これをお届けするようにと頼まれましたので。

ヴィルジーニア どなたから？ ガチョウを注文した覚えはないんだけど。

農夫 旅の途中の者から、とお伝えするように、と。

(ヴィルジーニアはびっくりしてガチョウを眺める。僧侶が彼女の手からガチョウをとって、不審気に吟味する。安心してからそれを彼女に返すと、ヴィルジーニアはガチョウの首をつかんで、大きな部屋にいるガリレオのところに持っていく)

ヴィルジーニア どなたか、旅の途中の方からの贈り物ですって。

ガリレオ 何だね？

ヴィルジーニア　見えないのですか？
ガリレオ　見えない。（近づいていって）ガチョウか。贈り主の名前はあるのかね？
ヴィルジーニア　いいえ。
ガリレオ（彼女の手からガチョウを取って）重いぞ。ちょっとだけ試食してみてもいいな。
ヴィルジーニア　お腹がおすきのはず、ないでしょ。さっき夕飯をすませたばかりですもの。それに目はまたどうなさったの？　机のところからなら見えるはずじゃないの。
ガリレオ　お前が陰のところにいたからさ。
ヴィルジーニア　陰のところになんかいませんでしたよ。（ガチョウを抱えて退場）
ガリレオ　タイムと林檎を添えて料理してくれ。
ヴィルジーニア（僧侶に）目のお医者様に来ていただかなくっちゃ。机のところからガチョウがお見えにならなかったのよ。
僧侶　まずはカルプーラ猊下の許可が必要ですな。また何か、ご自分でお書きになったのでしょうか？

ヴィルジーニア　いいえ。本は私に口述筆記させているのはご存じでしょう。百三十一頁と百三十二頁をお渡ししたはずです。[29] それが最後の紙でしたわ。
僧侶　けっこう老獪《ろうかい》な方ですからな。
ヴィルジーニア　規則に背くようなことは致しません。父の後悔は本物ですよ。私も気をつけておりますし。（彼にガチョウを渡す）台所に持っていって、レバーのところを林檎と玉葱《たまねぎ》で炒めるように伝えて下さいますか？（大きな部屋に戻る）目のことを考えて、もう球の実験はおやめになって、大司教様に毎週差し上げているお手紙の続きの口述筆記をしましょうよ。
ガリレオ　気分があまりよくないんだ。ホラティウスを少し読んでくれんかね。
ヴィルジーニア　何かとお世話になっていて、この間もまたお野菜を頂いたあの方、カルプーラ司教様がつい先週も仰《おっしゃ》ってたの、大司教様はいつもお尋ねになるんですって、お父さまに送った質問や引用文が気に入ってもらえたかどうかって。
（口述筆記のために座る）

29　ガリレオが今ここで書いて、書くそばから没収されている『新科学対話』の草稿である。

ガリレオ　どこまでだったかな？
ヴィルジーニア　第四章、「ヴェネツィアの造兵廠で起こった暴動に対する教皇庁の立場に関しましては、暴動を起こしたロープ職人に対してスポレッティ枢機卿の示された態度に、私は全面的に賛同するものであります……」
ガリレオ　そうだ。（口述する）……暴動を起こしたロープ職人に対してスポレッティ枢機卿の示された態度に、私は全面的に賛同するものであります。つまり、彼らに鉛や釣り鐘用のロープの代金を余計に払うよりは、キリストの隣人愛の名において、スープを配ってやったほうがいいという態度に、です。それは、所有欲の代わりに信仰心を高めるが故《ゆえ》に、であります。使徒パウロのたまわく、「慈悲は必ず功あり」と。――いいかい？
ヴィルジーニア　すばらしいですわ、お父さま。
ガリレオ　皮肉に取られる恐れはないかね？
ヴィルジーニア　いいえ、大司教様はきっとお喜びになるわ。実際的なお方だから。
ガリレオ　判断はお前に任せるよ。次は何だね？
ヴィルジーニア　素晴らしい格言よ、「われ弱き時、われ強し」。

ガリレオ　解釈は不要だ。
ヴィルジーニア　あら、どうして？
ガリレオ　次は何だ？
ヴィルジーニア　「キリストを愛することは、すべての知識をはるかに超えることを、皆々にわかってもらえんがために」――パウロのエペソ人への手紙、第三章十九節。
ガリレオ　エペソ人への手紙からの素晴らしい引用に対しましては、ことさらに猊下に感謝の念を捧げたく存じます。これに啓発されました私は、あの追随を許さぬ『キリストのまねび［イミタチオ］』[30]の書の中に次のような句を見出《みいだ》しました。（そらで引用する）「永遠の言葉の語りかけを受けしものは、多くの疑いから解放されん」。この機会に、私事《わたくしごと》をお話することをお許し頂けましょうか。かつて私が天体に関する書を市井《しせい》の言葉で書いたことが、いまだに非難の的となっております。しかし、たとえば神学のようなはるかに重要な対象に関する本を、パスタ売りや

30　トマス・ア・ケンピス（一三八〇？～一四七一）の書『キリストのまねび』は、一四七二年に出版されたキリスト教の啓蒙書で、聖書に次ぐほど世の中で読まれたという。

魚屋の使う俗語で書くようにと提案したり称揚したりする意図など、私には毛頭ありませんでした。ただ、ラテン語でミサを行う根拠として、この言葉の普遍性によってどの国の人も同じように神聖なるミサが聞けるからだ、という点を挙げるのは、あまり得策ではないように思えるのです。なぜなら、それではどの国の人もその内容を理解できないではないかと反論する余地を、怯《ひる》むことを知らぬあの嘲笑《ちょうしょう》者たちに与えかねないからであります。神聖な事柄を平俗に分かりやすくすることには私は反対ですが、教会の説教壇でのラテン語は、教会の永遠の真理に対する無知な人々の好奇心への防波堤となっており、もし下層階級出身の神父がその土地特有の方言のアクセントをこめて話すなら、信頼の念を呼び起こすのではないか、と。――いや、これはカットしてくれ。

ヴィルジーニア　全部ですか？

ガリレオ　パスタ売りの後を全部だ。

（玄関をノックする音が聞こえる。ヴィルジーニアが控えの間に行くと、僧侶が扉を開ける。すでに中年となったアンドレア・サルティが入ってくる）

アンドレア　こんばんは。オランダで科学の研究をするためにイタリアを離れるところなのですが、旅の途中で先生をお訪ねして、ご様子を伺ってくるように頼まれましたので。

ヴィルジーニア　お会いになるかどうか、分かりませんわよ。あれからずっとお見えにならなかったじゃありませんか。

アンドレア　伺ってください。

（ガリレオは彼の声を聞き分けていて、身動き一つせずに座っている。ヴィルジーニアがガリレオのところに行く）

ガリレオ　アンドレアか？

ヴィルジーニア　ええ。追い返しましょうか？

ガリレオ　（しばらく間を置いて）連れてきなさい。

（ヴィルジーニアはアンドレアを連れてくる）

ヴィルジーニア　（僧侶に）害はない人ですから。昔の生徒さんで、今は敵《かたき》ですけど。

ガリレオ　彼と二人っきりにしてくれんかね、ヴィルジーニア。
ヴィルジーニア　私も、この方のお話をお聞きしたいですもの。（彼女は腰をおろす）
アンドレア　（冷やかに）ご機嫌はいかがですか？
ガリレオ　もっと近くに来てくれ。今は何をしている？　君の仕事の話をしてくれ。
アンドレア　アムステルダムのファブリチウスから、先生のご様子を伺ってきてくれと頼まれましたもので。
ガリレオ　水力学《すいりきがく》の研究をしていると聞いたが。

（間）

ガリレオ　しごく元気だよ。みんながよく気をつけてくれているのでね。
アンドレア　元気でおられるとご報告できるのは嬉しい限りです。
ガリレオ　ファブリチウスがそう聞いたら、喜ぶだろうよ。かなり快適な暮らしをしていると伝えてくれてもいい。深い後悔のおかげで、お上の覚えもめでたくなって、ささやかな範囲の科学研究なら、教会の監督を受けながらも、やっていいことになっておる。

アンドレア　そうですか。教会も先生に満足しているとも伺っております。先生の全面屈伏は、確かに効き目がありました。先生の屈伏以来、イタリアでは新しい主張がいっさい公刊されなくなったことを、お上が満足の念をもって確認したのは確かです。

ガリレオ　（耳を傾けながら）残念ながら、教会の庇護を逃れたがる国々もあるんでね。そういう国々では、お上から断罪された学説がさらに広められとるんじゃないかね。

アンドレア　そういう国々でも、先生の自説撤回のおかげで、教会にとっては好ましい反動があらわれてきています。

ガリレオ　本当かい？　（間）パリのデカルトも書いてはいないのか？　パリからの情報は入らんのかね？

アンドレア　入ってますよ。先生の自説撤回を聞いて、デカルトは光の本性についての論文を引きだしの奥にしまいこんでしまいました。[31]

（長い間）

ガリレオ　私が邪道に引き込んでしまった何人かの学問上の友人たちのことが、気懸《きがか》りでね。彼らも、私の自説撤回から何かを学んでくれただろうか？

アンドレア　僕は科学の研究を続けていけるよう、オランダに行くつもりです。ジュピターが自分にも許さないことを、牡牛ごときに許すはずがないですからね。[32]

ガリレオ　分かるよ。

アンドレア　フェデルツォーニはミラノのどこかの店で、まだレンズを磨いています。

ガリレオ　（笑って）奴はラテン語ができんからな。

（間）

アンドレア　あの平の修道士のフルガンツィオも研究をやめて、教会の懐に戻ってしまいました。

ガリレオ　そうか。

（間）

ガリレオ　お上は、私が精神的に元気を取り戻してきているのを喜んでくれているよ。

私は期待以上の進歩をとげているらしい。

アンドレア そうですか。

ヴィルジーニア 主よ、讃えられん。

ガリレオ （荒々しく）ガチョウの様子を見てくるんだ、ヴィルジーニア。

（ヴィルジーニアは怒って出ていく。その途中で僧侶に話し掛けられる）

僧侶 あの男は気に入らんのですがね。

ヴィルジーニア 危険はありませんよ。あなたもお聞きだったでしょう。（立ち去りながら）新鮮な山羊のチーズを頂いたんですのよ。

---

31 ガリレオの自説撤回後に、フランス人のルネ・デカルト（一五九六～一六五〇）は、自分の完成させた『世界あるいは光についての論考』を公刊できず、これは彼の死後十四年後の一六六四年に出版された。

32 ラテン語の格言で「ジュピター」つまり教皇が自分にも許さない天文学研究をガリレオや弟子の牡牛に許すはずがない、の意。

（僧侶も彼女について出ていく）

アンドレア　明朝早く国境を越えるためには、夜じゅう馬車を走らせなければなりませんので。もうおいとましてもいいですか？

ガリレオ　君が何のためにやってきたのかが、分からんのだよ、サルティ君。私の心をかき乱すためか？　ここで暮らすようになってから、私は慎重に生き、慎重に考えとる。それでも、私の病気は再発しかけとるんだ。

アンドレア　それなら尚更に、興奮させないようにしなくては、ガリレオ先生。

ガリレオ　バルベリーニの言を借りれば、これは疥癬《かいせん》だよ。彼自身だって全快はできなかった。私はまた書いたんだよ。

アンドレア　何を？

ガリレオ　『新科学対話《ディスコルシ》』を完成させたんだ。

アンドレア　なんですって？　あの、『機械学と位置運動についての二つの新しい科学に関する論議と数学的証明』をですか？　ここで？

ガリレオ　そりゃあ、紙と筆はあてがわれるんでね。お上も馬鹿じゃない。根っからの悪徳ってのは一日や二日じゃ根絶できないってことを、彼らは先刻ご承知さ。私の書いたものを一頁ずつ取り上げることで、忌まわしい結果が生まれないよう、私を守っているというわけだ。

アンドレア　なんてことだ！

ガリレオ　なんだって？

アンドレア　奴らは先生に水を耕させているんだ！　安心させるために紙と筆はあてがう！　そんな目論見《もくろみ》が分かっているのに、どうしてお書きになられたんですか！

ガリレオ　そりゃ、私は習慣の奴隷だからな。

アンドレア　あの『新科学対話《ディスコルシ》』が坊主どもの手の中にあるなんて！　アムステルダムでも、ロンドンでも、プラハでも、それを渇望しているというのに！

ガリレオ　ファブリチウスがアムステルダムで、自分は安全地帯に身を置きながら、分厚い胸の肉をたたいて悔しがる声が聞こえてくるようだな。

アンドレア　科学の新しい二つの分野は、失われたも同然、というわけだ！

ガリレオ　私が残り少ない余生の快適さを犠牲にして、いわば後ろめたい思いで、この六カ月というもの、夜な夜な最後の光の一滴まで使いながら、写し《コピー》を取っておいたと聞いたら、彼や他の連中も、きっと元気づく、と思うんだがね。

アンドレア　写し《コピー》があるんですか？

ガリレオ　私の虚栄心が今日まで、そいつを破り捨てることを押しとどめてくれていたってわけだ。

アンドレア　どこにあるんですか？

ガリレオ　「お前の目がお前を怒らせるのなら、そんな目はえぐりとってしまえ」というじゃないか。その台詞の書き手が誰であろうが、私よりずっと快適さというものを知っていたはずだ。その写し《コピー》を人手に渡すなんて、愚の骨頂だと思うよ。だが私も科学の研究からどうしても離れることができなかったんだから、君たちがそれを手に入れてもいいだろう。写し《コピー》は、地球儀の中だ。君がそれをオランダに運びだす気なら、もちろん全責任は自分で背負わなくっちゃならない。その時は、教皇庁に保管してある原本《オリジナル》に近づくことのできる誰かから、買ったことにするんだな。

（アンドレアは地球儀のところに行き、写しを取り出す）

アンドレア 『新科学対話《ディスコルシ》』だ！（原稿をめくって読む）「私の意図は、運動という非常に古い対象を扱いながら、非常に新しい科学を確立することにある。実験を通して私は、知る価値のある、運動のいくつかの性質を発見した」
ガリレオ 暇があるもんで、何かやらずにはいられなかったんだよ。
アンドレア これは新しい物理学の基礎になるでしょう。
ガリレオ 上着の下にでも隠していけよ。
アンドレア なのに僕らは、先生が寝返ったと思った！ なかでも一番激しく先生を非難したのが僕だった。
ガリレオ 当然だよ。私は君に科学を教えながら、自分で真理を否定したんだからね。
アンドレア これですべてが変わります、すべてが。
ガリレオ そうか？
アンドレア 先生は真理を隠しておられたんです、敵の目の前から。倫理の領域でも、先生は何世紀も先んじておられたのだ。
ガリレオ きちんと説明してくれよ、アンドレア。
アンドレア 巷の人たちと一緒になって、僕らは期待した、あの方は命を落としても、自説撤回は決してなさらないだろう、と。でも、先生は戻ってきて言われた、撤回したよ、生きるためにね、と。先生の手は汚れているじゃないですか、と僕らは非難した。汚れた手でも空っぽの手よりはまし、と、先生は言われているのです。

ガリレオ　「汚れた手でも空っぽの手よりはまし」か。現実的な響きがするな。私好みだよ。新しい科学に、新しい倫理学か。

アンドレア　他の誰よりも先に、僕がそれを分かるべきだったのです！　先生が他人の発明した望遠鏡をヴェネツィアの評議会に売り付けたとき、僕は十一歳だった。そしてその器械を使って、先生が不滅の発見をなさるのを、ずっと見てきた。先生がほんの子供のフィレンツェ大公に平身低頭なさったときも、科学も俗受け狙いをするようになったのかと、友人たちは首を傾げた。でも先生はいつも、英雄を笑い飛ばしておられた。「悩む人間は退屈だよ」とか、「不幸の原因は計算不足だ」とか、「障害物があるときには、二点間の最短距離は曲線かもしれん」とか仰りながら。

ガリレオ　思い出したよ。

アンドレア　その後で、一六三三年に、先生の学説の大衆受けする部分を撤回なさったとき、僕は気付かなければいけなかった、先生は科学本来の仕事を続けるために、見込みのない政治的いざこざから身を引かれただけだったのだ、と。
ガリレオ　科学本来の仕事とは……
アンドレア　運動の性質の研究です、それが機械の母となり、天国などお払い箱になるほどに、この地上を住みよいものにしてくれるのです。
ガリレオ　なるほど。
アンドレア　先生はそうやって、先生にしかできない科学的著作を仕上げる時間を稼がれたのです。もし火あぶりの炎の栄光の中で命を落とされていたら、奴らが勝利者になっていたでしょうから。
ガリレオ　奴らはいまも勝利者だよ。それに、ある男にしか書けない科学的著作なんてありはしない。
アンドレア　それならなぜ撤回なさったのです？
ガリレオ　私が撤回したのは、肉体的な苦痛が恐かったからだ。
アンドレア　違います！
ガリレオ　拷問の機械を見せられたからね。

アンドレア　じゃあ、計画通りではなかったんですか?

ガリレオ　計画なんかなかったよ。

（間）

アンドレア　（大声で）科学の掟《おきて》はただ一つです、それは科学に貢献すること。

ガリレオ　そして私は貢献したってわけか。同学の士で、裏切りの仲間よ、この溝《どぶ》にようこそ、だ。君は魚を食うかね？　うちでは魚も売っているよ。だが臭《くさ》いのは売り物の魚ではなく、売り手の私だ。今大売り出し中で、買い手は君だ。この著作、有り難い商品に、抗《あらが》いがたく引き付けられておるぞ！　生唾《なまつば》がわいてきて、呪いの言葉も呑み込まれる。深紅の男殺しの獣で、偉大なるバビロン女だ、そいつが股を開けば、全てが変わる![33]　あくどい商いをしながら、潔白を証明し、その実、死を恐がっている我らが同盟に祝福あれ、だよ！

アンドレア　死を恐がるのは人間的です！　人間的な弱さは、科学とは関係ありません。

ガリレオ　そうかね？——サルティ君よ、こんな状態にある私でもまだ、君が身を捧げている科学はすべてのことに関係があるのだ、というのがどういうことなのか、いくらかは指摘してあげられそうな気がするよ。

（短い間）

ガリレオ （両手をお腹の上で組んで、学者らしく）今はふんだんにある暇な時間に、私は自分の一件を検討し、もはや自分がそこにはいない科学の世界が、将来自分の一件をどう評価すべきなのだろうか、といろいろ考えてみたんだ。毛織物商人だって、安く買って高く売ることだけではなく、毛織物商売そのものが、妨害を受けずに成り立っていくことも考慮しなくてはならない。科学を追究するときには、この点において、特に勇気が必要なように思えるんだよ。科学は知識を扱うが、知識は疑いから生まれる。万人のために、万物についての知識を生み出しながら、科学は万人を、疑う人間にしようとする。ところが、地上の大部分の人た

33　裏切りの仲間に引きこもうという言い方に、ガリレオの自他への皮肉が込められていよう。食欲の対象の魚や性欲の対象の淫婦にたとえて、アンドレアの知的好奇心の対象である自分の書物をガリレオはバビロン女にたとえている。バビロン女は、旧約聖書に出てくる多産の女神で、黙示録では淫婦として描かれている。

ちは、領主や地主、聖職者たちによって、その陰謀を覆い隠すための迷信や古いお題目といった、真珠色に塗り立てられた無知の靄《もや》に取り囲まれているわけだ。多くの人々の貧困は、山と同じくらいに昔からあり、教会の演壇や説教壇の上からは、それが山と同じくらいに動かしがたいものだと説明されてきた。その人々の心を、疑うという我々の新しいやり方が虜《とりこ》にした。その彼らが望遠鏡を我々の手からひったくって、それを自分たちを鞭打つ人たちに向けたのだよ。これまで科学の成果を自分たちだけで利用してきた利己的で暴力的なその連中は、何千年も前から人為的に作られてきた貧困にも、いまや科学の冷静な目が向けられるのを感じたのだ。この貧困が、その連中をなくすことによってなくなる、ということは明らかだったからね。そこで連中は、我々を脅迫や買収で、弱い心では抵抗できないほどに、揺さぶった。問題は、我々が大衆に背を向けても科学者でいられるのかどうか、ということだ。天体の運行は、はるかに見通しが良くなったが、支配者たちの運行は、民衆には今なお予測がつかない。天体の観測を求める闘いは、疑いから生まれたが、ローマの主婦たちの牛乳を求める闘いは、信仰心に災いされて今後も何度も挫折していくだろう。科学はね、サルティ君、この両方の闘いに関わっているんだよ。迷信や古いお題目といった、何千年来の真珠色の靄の中で躓《つまず》いて、無知にさせられて自分の力を発揮できないでいる人類に、君たちの発見する自然の力を発展させる力があるのだろうか？　君たちは、何のためにに研究するんだい？　私は思うんだ、科学の唯一の目的は、人間の生存の辛さを軽くすることにある、と。科学者が利己的な権力者に脅かされて、知識のための知識を積み重ねるのに満足するようになったら、科学は不完全になり、君たちの作る機械だって、新たな災厄にしかならないかもしれない。時を重ねれば、発見すべきものはすべて発見されるだろうが、その進歩は、人類からどんどん遠ざかっていくだけだろう。君たちと彼らの溝はどんどん大きくなって、新しい成果に対して君たちがあげる歓呼の叫びが、全世界のあげる恐怖の叫びになってしまう、という日もいつか来るかもしれないのだよ。――私はかつて科学者として、唯一無二の可能性の前に立っていたのだ。私の時代に、天文学は市のたつ町の広場にまで到達したのだよ。そういう特別な状況の中で、ひとりの男が節を屈しなかったら、世界を揺るがすこともできたはずだった。私が抵抗していたら、自然科学者たちも、医者のヒポクラテスの誓い[34]のようなものを発展させ得たかもしれない。

自分たちの知識を人類の幸せのためだけに使う、というあの誓いを、だ！　それなのに今は、期待できるのはせいぜいが、発見の才はあっても、何にでも手を貸す小人《しょうじん》の輩というところだよ。それにね、サルティ、もうひとつ思い当たったことがあるんだ。私は一度だって、本当の危険にさらされたことなどなかった。何年かの間、私はお上と同じくらいの力をもっていたのに。それなのに私は、自分の知識を権力者に売り渡してしまったのだよ、それを使うも使わないも、悪用するもしないも、どうぞお好きなように、とね。

（ヴィルジーニアは小鉢をもって既に部屋の中に入って来ていたが、そこで立ち止まる）

ガリレオ　私は自分の職業を裏切ったのだ。私のようなことをする人間は、科学者の列には入れてもらえないのだ。

ヴィルジーニア　お父さまは信者の列には入れて頂きましたわ。（歩きだして、小鉢を机の上に置く）

ガリレオ　その通り。——これから食事なんでね。

（アンドレアは彼に手をさしだす。ガリレオはその手を見るが、握らない）

ガリレオ 君も今は教える身だろうが。私のような男の手を握っていいのかね？（机のほうに向かう）ここを通りかかったどなたかがガチョウを贈ってくれたんだよ。私は相変わらず食い道楽でね。

アンドレア それでは先生はもう、新しい時代が始まったとは、思っておられないのですか？

ガリレオ 思ってるさ。――ドイツを通るときには真理を上着の下に隠して、用心するんだよ。

アンドレア （立ち去りかねて）いま話題にされたその本の著者に対する先生の評価に関しては、どうお答えすればよいのか僕には分かりません。ただ、先生のその残

34 ヒポクラテスは古代ギリシアの医師で医学の父と言われ、医師の倫理についても論じた。その言葉にもとづいて修業を終えて医者になるものがたてた道徳的・倫理的な誓いのこと。自分が自説撤回しなかったら、自然科学者たちの誓いのようなものを発展させ得たかもしれない、というガリレオの自省だろうか。

酷な分析が今後も変わらないとは、僕にはどうしても思えないのですが。

ガリレオ　ありがとう、君。（食べ始める）

ヴィルジーニア　（アンドレアを外に送りだしながら）私どもは昔のお知り合いの方のご訪問はあまり歓迎いたしませんの。父が興奮しますので。

（アンドレアが去り、ヴィルジーニアが戻ってくる）

ガリレオ　誰がガチョウを贈ってくれたのか、お前には心当たりがあるかい？

ヴィルジーニア　アンドレアではありません。

ガリレオ　違うだろうな。夜の道はどんなふうかね？

ヴィルジーニア　（窓のところで）明かるいですわ。

第15景

一六三七年。ガリレオの著書『新科学対話《ディスコルシ》』が、イタリアの国境を越える。

さて、この結末をどう考えよう。
知識は国境を越えて亡命し、
知識に飢えた我々は
私も彼も取り残された。
いまこそ科学の光を監視して
悪用せずに、活用すること。
でないとそれがいつか火の玉になって

我々みんなを焼き尽くす、
そう、そんなことにならぬよう。

（早朝の小さなイタリア国境の町。国境警備所の柵のところでは子供たちが遊んでいる。アンドレアが御者と並んで、国境警備員が彼の書類を吟味し終わるのを待っている。彼は小さな木箱の上に座って、ガリレオの原稿を読んでいる。柵の向こう側には、旅行用の馬車が止めてある）

子供たち（歌う）
石に座ったマリアさま、
ピンクの下着をもっていた、
色も褪せた汚い下着、
寒い冬がやってきて、
その下着を着けた、マリアさま、
汚れていても、破けちゃいない。

国境警備員　イタリア出国の理由は？
アンドレア　私は学者です。
国境警備員　（書記に向かって）「出国理由」の項目には「学者」と書くんだ。荷物を検査させてもらいますよ。（検査する）
男の子1　（アンドレアに）そこに座ってちゃあ危ないんだよ。（アンドレアの前にある小屋を指さして）あの中には魔女が住んでるんだから。
男の子2　マリーナばあさんは魔女じゃないよ。
男の子1　手の骨を外されてもいいのか？
男の子3　あいつは魔女さ。夜は空を飛んでいるんだぞ。
男の子1　町のどこからも牛乳を恵んでもらえない人だから、魔女でなきゃおかしいじゃないか？
男の子2　いったいどうやって空を飛べるんだい？　そんなこと誰にもできないよ。（アンドレアに）できるの？
男の子1　（男の子2の肩越しに）こいつはジュゼッペっていうんだ。何にも知らないんだよ、ちゃんとしたズボンがないから、学校にも行けないんだよ。

国境警備員　それは何の本かね？
アンドレア　（顔を上げずに）偉大な哲学者アリストテレスの本です。
国境警備員　（疑わしそうに）そいつは何者かね？
アンドレア　もう死んでますよ。
（子供たちは本を読んでいるアンドレアをからかうために、自分たちも歩きながら本を読んでいる振りをして歩き廻る）
国境警備員　（書記に向かって）宗教のことが書いてないか、調べろ。
書記　（本をめくって）見つかりませんが。
国境警備員　いくら探したって意味ないか。隠したいものを、大っぴらに我々に広げて見せる奴が、いるはずないからな。（アンドレアに）我々がすべて検査したという書類にサインして貰おうか。
（アンドレアはためらいながら立ち上がり、原稿は読み続けながら、国境警備員たちと建物の中に入っていく）

男の子3　(書記に向かって、木箱を指差しながら) そこにも何か入ってるよ、ほら。
書記　こいつはさっきはなかったぞ。
男の子3　悪魔が置いてったんだ、木箱だよ。
男の子2　違うよ、これは、あのよその人のだよ。
男の子3　僕なら近づかないな。あの魔女、御者のバッシさんの馬を全部魔法にかけちゃったんだよ。吹雪《ふぶき》で破れた屋根に登って穴からのぞいたら、馬が咳《せき》しているのが聞こえたんだぜ。
書記　(木箱のすぐ近くまで近づいたが、ためらった後で戻ってくる) 悪魔の仕業だって? まあどのみち、全部を調べるのは無理だしな。日が暮れちまう。
(アンドレアが牛乳の壺を持って戻ってくる。また木箱の上に座って、書類を読み続ける)
国境警備員　(書類を持って彼の後からやって来て) 荷物の蓋《ふた》は閉めていいぞ。これで全部だな?

書記　全部です。
男の子2　（アンドレアに）学者さんなんでしょ？　だったら教えてよ、人は空を飛べるの？
アンドレア　ちょっと待ってて。
国境警備員　通ってよろしい。
（御者は荷物をもう馬車に積み終わっている。アンドレアは例の木箱を持って行こうとする）
国境警備員　ちょっと待て。その木箱は何だ？
アンドレア　（また例の原稿だけは手に取って）本ですよ。
男の子1　あの魔女の木箱なんだよ。
国境警備員　馬鹿を言うな。どうやってあの女が魔法で木箱を取り出せるんだ。
男の子3　悪魔に助けてもらうんだよ。
国境警備員　（笑う）そいつはここでは通らないな。（書記に向かって）開けろ。

（木箱が開けられる）

国境警備員　（不快そうに）何冊あるんだね？

アンドレア　三十四冊ですよ。

国境警備員　（書記に向かって）全部調べるのにどれくらいかかるかね？

書記　（適当にその中をかきまわし始めていたが）全部印刷された本です。いずれにせよ、あなたの朝食の時間はなくなりますよ。それに、私は御者のバッシさんのところにも行かなきゃな、あの家の競売の時の滞納になっている通行税を取り立てにね。でもこの本を全部めくっていたら、いつ行けるんですか？

国境警備員　そうだ、あの金は取り立てなきゃな。（足で本を蹴って）さぞや、いろんなことが書いてあるんだろうよ！（御者に向かって）行け！

（アンドレアは、木箱をかついでいる御者とともに国境を越える。通り越してから、ガリレオの原稿を旅行鞄にしまう）

男の子3　（アンドレアが置いて行った牛乳の壺を指して）見ろよ。

男の子1　そして木箱は消えている！　ほら、やっぱり悪魔の仕業だろ？

アンドレア　（振り向きながら）違うよ、私がやったんだ。ちゃんと目を開けて見ることを学ばなくっちゃ。牛乳の壺のお金は払ってあるから、そのお婆さんにあげてね。そうだ、ジュゼッペ君、君の質問にまだ答えてなかったよね。棒っきれに乗って空を飛ぶことはできない。少なくとも、それには機械が必要だが、そんな機械はまだできていないんだ。もしかしたら永遠にできないかもしれない、人間は重すぎるからねえ。でももちろん、わからないさ。僕らの知識はまだまだ足りないんだよ、ジュゼッペ君。まだほんのとばくちに、立ってるだけだからね。

解説――ガリレオ／ブレヒト／アインシュタイン

谷川道子

ブレヒトの戯曲『ガリレオの生涯』をお届けする。

二〇一一年三月十一日、東日本大震災とそれによるフクシマ原発事故が起こった。二万人近い犠牲者と、一時は四十七万人を超えたという避難生活を余儀なくされた方たちを始め、五十万人におよぶ被災された方々の無念と苦難を思いつつ、この作品に接すると、強いアクチュアリティと警告を否でも応でも感じざるを得ない。それは何《な》故《ぜ》なのだろうか。

ここではそういった、ガリレオ／ブレヒト／アインシュタインの連関で、『ガリレオの生涯』に焦点を絞りつつ、その位相を探ってみたい。

1. ブレヒトの仕事――〈新時代〉の考察

ブレヒト(一八九八～一九五六)は、二つの大戦をはさんだ二〇世紀の激動を真正面から受け止め、自らその渦に巻き込まれながら、二〇世紀の実相と深層の謎や矛盾を、いまなお未解決の焦眉《しょうび》の問題を、演劇というメディアを通して考え続け、探り続けて作品に残した。いわゆる文学青年や演劇青年とは一味違うというか、何か根底的に異なるところがある。そこが面白い。

さすが炯眼《けいがん》の思想家で友人のヴァルター・ベンヤミンは、出会いがしらに、その後の交流の十余年近くを含めたブレヒトの仕事の本質を、直観的に見抜いている――「ブレヒトはやっかいな人物だ。作家としてのすぐれた才能を〈自由に〉利用することを拒否する。剽窃《ひょうせつ》者、治安攪乱者、サボタージュ屋といった、その文学的現れ方に対する非難など、もしかしたら存在していないのかもしれないし、教育者、思想家、組織者、政治家、演出家といった非文学的で無名の、だが消し難い作用のあり方に、逆にまるで敬称のようにそういう非難を彼がわざと要求しているわけでもない。ともあれ、彼が今のドイツの書き手の中で、自らの才能をどこに向けるべきかを自問し、その必要性を自覚した場でのみそれを使い、その判断基準に合致しないときにはやる気をなくす、唯一の人物であることは、疑いない』。(『ブレヒト試論』)

自分にとっての、時代にとっての根源的な謎解きの試み――『ガリレオの生涯』は、そういったブレヒトの仕事のあり方を体現している作品の代表格だろう。東ドイツ演劇界にブレヒトの後継者として登場したハイナー・ミュラーは言う、「『ガリレオの生涯』は私のとても好きな作品です。……これは自己密告、彼の唯一の自伝的な戯曲なのです」。たしかに、自分をではなく、世界を描こうとしたブレヒトには、自己を密告するような作品は少ない。それでも『ガリレオの生涯』が彼の唯一の自伝的な戯曲といえるのは、やはりその成立過程に関わっている。〈ガリレオ〉には、ブレヒト、そしてアインシュタインも、あるいは何よりそれぞれの稿が書かれた時代が、〈現代〉として透けて見えてくる。

①起点としての二〇世紀初頭

出発の基点はやはり、二〇世紀の初頭にさかのぼるだろう。第一次世界大戦(一九一四～一八）と一九一七年のロシア革命とヴァイマル共和国の前史となった一八年のドイツ革命をはさんだ二〇世紀の開始は、政治、経済、科学、文化、そして生活様式、すべてがどこかで連動しつつ変化しているような大変動の時代――いわば現代への〈パラダイム・チェンジ〉、ブレヒト流にいえば「新時代の始まり」だった。

ブレヒトが一九二二年に演劇界デビューを果たした戯曲『夜打つ太鼓』にしてから、ベルリンにおけるドイツ革命がテーマだった。第一次世界大戦の帰還兵である主人公が、恋人を寝取られた腹いせに革命騒ぎに加わりながら、追い掛けてきた恋人とともに「豚はねぐらにご帰館さ」と嘯《うそぶ》いて革命に背を向けるしたたかな内容の舞台で、登竜門のクライスト賞を受賞。ブレヒト自身も、第一次世界大戦に衛生兵として召集され戦争末期にバイエルン革命に巻き込まれたのだが、この作品からは、戦争と革命とは何だったのかという醒《さ》めた問いかけも聞こえてくるようだ。劇作家＋演出家としてのデビューと、ミュンヘンから当時の花の都ベルリンへの上京も果たした。そしてそこで眼前に展開する新たな時代状況――それに対峙し得る新しい芸術の模索のためには、新しい視角や方法論とより大きな共同作業の集団が必要だと、彼はこのベルリン時代から、さまざまな人を周囲にひきつけて、〈ブレヒト工房〉ともいえる作業集団を作り上げていった。この姿勢は、ブレヒトの生涯を貫いていく。

②たとえば教育劇『リンドバークの飛行』

そういうなかで、ブレヒトが何よりこういった変動を引き起こした原動力と見ていたのが、まずは科学技術だった。彼も言うように、「戦争は他の何にもまして科学を促進させる」。当時、たとえば車や汽車による交通網の発達の中でももっとも注目を集めていたのが飛行機だ。一九二七年のアメリカ人飛行士リンドバークによるニューヨークからパリへの大西洋横断単独無着陸飛行は、これも最新メディアであったラジオによる同時中継と相まって、世界の注目を集めた。これを題材にブレヒトは一九二九年に、「少年少女のためのラジオ教育劇」として、『リンドバークの飛行』（後にリンドバークがファシストになったという理由で改題：『大洋横断飛行』）を書いている。「教育劇」とは実は、従来の音楽のあり方に対抗するかたちで実用音楽を掲げて登場してきたパウル・ヒンデミットたちの「新音楽運動」が主宰した一九二九年のバーデン音楽祭において、共通テーマとして音楽祭側から提案されたタイトルであった。すでに『三文オペラ』で名を挙げていたブレヒトにヒンデミットが台本を依頼し、作曲も自ら買ってでた作品のタイトルが『教育劇』だったのだが、のちに「教育劇」が一般名称となるなかで、ブレヒトのこの作品は『了解についてのバーデン教育劇』と改題された。

つまり、ここでブレヒトの関心をひいたのは、いわばプロのための劇場演劇ではなく、旧来の制度としての演劇を超えた「実用演劇」というか、新しいタイプの未来形の演劇への試みであり、そこでは「教育」という用語のはらむ「教える―学ぶ」という旧来の権力関係からのダイナミックな転換こそが模索されていた。つまり「教育劇」は、従来の演劇とは全く違う種類の新しい演劇の可能性の模索へともつながっていったのである。

そして、この時の音楽祭で同時に初演されたのが、『三文オペラ』の作曲家クルト・ヴァイルも作曲に加わった『リンドバークの飛行』だ。「少年少女のためのラジオ劇」という副題が示すように、もうひとつ、当時新しく登場してきたラジオというメディアの可能性にブレヒトがいち早く注目して、送り手と聞き手の双方向的な可能性を実験してみたものでもあった。周知のごとく、ヒトラー・ナチスは、ラジオを「ラジオなくしてヒトラーなし」といわれるほど人心掌握に活用していったが、ブレヒトはそれより前に、この放送用オペラ台本で、コミュニケーション装置としてのラジオの可能性を試みたのだった。二一世紀の今なら、インターネットによる双方向性交流の可能性への探りとも重なるだろうか。

この作品のテーマは、人間／人類の科学による自然との闘い――リンドバークが、世論や自然界の霧や吹雪、睡魔、水やエンジン、古い科学思想と闘いつつ、無事にパリに到着するまでがラジオ中継される。聴取者／観客は、ラジオによって伝えられる他の部分（パート）を聞きながら、台本のリンドバークのパートを楽譜や台詞《せりふ》でともに朗唱することにより参加・学習する形になっている。「僕らの暦で一千年代の終わり頃／僕らの鋼のような単純さが高まって／いまだ到達し得ぬものを忘れることなく／僕らに可能なもの［空を飛ぶこと］を明らかにしてくれた／この報告はそのことに捧げられる」――本書『ガリレオの生涯』の最終第15景の「国境越えの場」での、アンドレアの少年たちへの最後の台詞（「棒っきれに乗って空を飛ぶことはできない。もしかしたら永遠にできないかもしれない、……僕らの知識はまだまだ足りないんだよ、ジュゼッペ君。まだほんのとばくちに立ってるだけだからね」）とも呼応・連動するようだ。そして「少年少女のためのオペラ形式のラジオ劇」となっていて、しかも『了解についての『バーデン教育劇』はこれと対になって、リンドバークと対照的に飛行に失敗した飛行士たちの物語になっている。さらに付言するなら、一九九八年のブレヒト生誕百年祭のとき、アメリカ・ポストモダンの演出家ロバート・ウイルソンは、この『大洋横断飛行』をベルリーナー・アンサンブルで、ハイナー・ミュラーの『メディアマテリアル』とドストエフスキーの『地下生活者の手記』と合体させた三部構成にして、地球という惑星を支配しようとした人類の破滅の危機への問いかけに変換してみせた。「教育劇」は独立した作品として完結せず、閉じないで、いろんな形で結合する可能性を持っているのだ。

ともあれ、新し物好き、科学好きのブレヒトの面目躍如、といったところだろうが、まなざしの一方は人々の生活の地平に向けられ、もう一方は事実と観察・考察に基づく理論＝科学に向けられているところは、ガリレオ・ガリレイを彷彿《ほうふつ》させる。そして当然ながら二〇世紀人であるブレヒトは、現代物理学とアインシュタインにも大いなる関心を寄せていた。

③アインシュタインの「E＝mc^2」

そもそもニュートン力学とマクスウェルの電磁気理論に基を置く古典物理学に対して、一九〇〇年を分水嶺に、プランクの量子論とアインシュタインの相対性理論によって現代物理学が始まったと言われているが、なかでもアインシュタイン（一八七九〜一九五五）は、当時、量子論と相対性理論によって物理学の分野で大きな影響を与えただけでなく、世界の報道界でも寵児となっていた。「E＝mc^2」は巷《ちまた》の流行語にさえなって、ブロマイドは売り切れで講演会は超満員、という人気振りだったという。一九二二年に来日した時もすごい熱狂振りで、その様子と余波は二巻本の金子務著『アインシュタイン・ショック』（一九八一年、河出書房新社）にもまとめられているほどだ。ともあれ、ブレヒトもベルリンで足しげく講演会に出かけ、その理論の研究・考察にも熱心に取り組んでいる。

これほどの大衆的な人気は、意味はしかとは分からなくても、そこに革命的な新しい何かが内包されている、という直観が広く当時の人々にもあったからではないだろうか。ニュートン力学から量子力学＋相対性理論への転換は、天動説から地動説への世界観的な転換に相応するものだったのかもしれない。コペルニクスにケプラー、デカルト、ベーコン、ニュートンまで相次いだガリレオの時代のように、二〇世紀初頭も、ボーア、ゾンマーフェルト、ド・ブロイ、シュレーディンガー、ハイゼンベルクと、次々と画期的な研究が波状的に展開した時代だった。科学が人間の営みと目に見える形で切り結ぼうとする。そこから何がうまれてくるか。そういう関心に惹かれていた一九二〇年代のブレヒトのキーワードは、「英知を集めること」と「(現実に)介入する思考」だった。ともに考えるべき人類共有の課題なのだから。

「$E=mc^2$」を、非専門家の半可通の理解ながら私なりに解釈すれば、あらゆる物質はエネルギーから構成されていて、そこに含まれるエネルギーは質量×光速の2乗、という途方もないものであり、それが放出されれば莫大なエネルギーになる。問題はその放出のさせ方だった。一九三〇年代に研究合戦の中で人類は原子核の内部にまで踏み込んで、人工的に核分裂や核融合を引き起こし、膨大なエネルギーを取り出すことを見出した。しかし、それは、原子爆弾や水素爆弾を生み出し、原子力発電所では発電に伴って放射性廃棄物を生み出し続ける、という結果に至った。

原子核反応で発生するエネルギーは、反応で消滅した質量×光速の2乗、に等しい。

消滅した質量が微量でも、核反応（核分裂や核融合）で出るエネルギーは、通常の化学反応で発生するエネルギーの数百万倍になる。実際に一九四五年のヒロシマの原爆では、ウラン235が五〇kg使用され、そのうち核分裂を起こしたのは一kgと推定されて、ウラン235の〇・六八gの質量が消滅。そのエネルギーは約六三兆ジュール。TNT火薬に換算すると一五ktに相当したという。

第二次世界大戦後は、原子力の平和利用と称して、原爆と同じく核分裂のエネルギーを利用する原子力発電が世界中に普及していった。後述するように、その結果、人類はスリーマイル島原発、チェルノブイリ原発、そしてフクシマ原発の巨大事故を経験することになる。電気出力一〇〇万キロワットの原発は、毎日ヒロシマ原爆の三発分の放射能をつくり出し、一年では一〇〇〇発分を超えるという。原子炉内に溜まった放射能の中には半減期が非常に長いものがあり、たとえばプルトニウム239は二万四千年たってやっと半減、十万年たっても無くならない。放射能の人体や環境への影響は大きく、その影響の大きさの射程は、いまなお明確には測り切れていない。

原子核反応に関してさらに補足すると、話は百三十七億年前の「ビッグバン」による宇宙の始まりまで遡り、その現代宇宙論は、アインシュタインの一般相対性理論に始まるらしい。地球は四十六億年前に原始太陽が形成される過程で誕生したと言われるが、その地球の原始期には、原子核反応の天然の原子炉があちこちにあり、放射能をまき散らしていた。アフリカのウラン鉱山（オクロ鉱山）で、天然原子炉、つまり十七億年前に自律的な核分裂反応のあった場所が十六カ所見つかっているという（藤井勲『天然原子炉』＋黒田和夫『17億年前の原子炉』）。地球では、四十億年前頃に、ある種のバランス状態を得て初めて、原始生命が陸上に誕生したと考えられるが、まだ生物は生存できず、動物が地球に住むようになったのは四億〜五億年前とか。地球誕生から四十六億年を経てようやく自然界の放射性元素はほとんど崩壊し、地球は安全な元素（原子）で満たされるようになった。人類（ホモ・サピエンス）の出現は約二十万年前とされている。これによって思考の物差しが根底から変わるのだ。

それゆえ人工的に原子核反応を起こさせてエネルギーを取り出すことは、現在の地球の生態圏内部では自然状態で起こり得ないような、起こってはならない現象で、これまでのエネルギー源とは次元が違う、新たな「プロメテウスの火」であり、その意味で地球の生態圏内部では、「アウト・オブ・コントロールの怪物」なのだ。

天動説、地動説の次の宇宙説、ブレヒトの言葉でいうと「アトム時代／原子力時代」の始まりということになるのだろうか。それまで人類は、原子核の内部にまで踏み込んで、エネルギーを取り出すことはしなかった。そもそもが、現在の地球の生態系の環境では、核分裂を起こす状態は同時存在してはいけないのではないだろうか。ブレヒトも事の重大さに気付いて、この問題はずっとフォローしていく。それについては『ガリレオの生涯』の三つの稿に即して、後述しよう。

④もうひとつの怪物＝資本

一九二〇年代にブレヒトが注目した、人類が制御し得ていない怪物がもうひとつあった。資本だ。これも、ブレヒトが演劇で扱おうとした課題だった。ひとつは、一九二〇年代半ばの第一次世界大戦敗戦の莫大な賠償金による未曽有のインフレと、それを大胆なマルクの切り下げとアメリカからのドル借款《しゃっかん》で乗り切った後の、ドイツでの「黄金の二〇年代」をもたらした資本主義の経済発展のすさまじさだ。ブレヒトはその現象を眼前に、一方で、人間にとっては「ソコデナニガオコッテイルノカ」の震度を測る地震計として、まずは『男は男だ』という戯曲を書いた。近代思想の核のひとつの個人主義思想としての人間は、「かけがえのない個体としての個＝人インディヴィディウム」から、いくつにも分割可能で数量に還元される「大衆的個人＝組織・戦闘マシーン＝ディヴィドゥム」に変質されていくのではないか、というプロセスの考察である。

さらに未曽有のインフレによる経済恐慌を目の前にして、小麦市場を舞台に「商品相場」をテーマとする戯曲を書こうとし、「『資本論』に首までつかって」格闘したが、これは完成に至らず、挫折。代わりに、ゲーテの『ファウスト』とシラーの『オルレアンの乙女』の合体パロディのような、缶詰工場王モーラーと救世軍の少女ヨハンナを対極に置いた戯曲『屠場の聖ヨハンナ』が書かれた。最後にヨハンナが叫ぶ、「暴力が支配しているところでは暴力だけが助けだし、人間がいるところでは人間だけが救いだ」という言葉も、教会の聖歌隊の大合唱にかき消されて、聖女に祀《まつ》り上げられていく……。資本主義への疑念と疑問符。

中沢新一も『日本の大転換』（集英社、二〇一一年）で、「原子力発電の技術がはらむ生態圏への危険性」を警告しているが、さらに、資本主義という経済システムが「社会」という人類にとっては大きな意味をもつ「サブ生態圏」の内部に、それとは異質な原理で作動する「市場原理」を持ち込んで、社会そのものを変質させてきたこと、その意味で「原子力と資本主義は、生態圏にたいする外部性の構造によって兄弟のように似ている」と指摘する。しかも原子力発電は二〇世紀後半の産業にとって、体制の違いを超え、もっとも効率のよいエネルギー源の「炉」を提供してくれる技術として、ことに一九七三年のオイルショック以降、ますます重要性を増していった。

新時代——人類の新たな挑戦？ 悪魔との賭け？ いまや人造人間（ホムンクルス）につながりかねない iPS細胞もある。現代のファウストとメフィストはどういう相貌をしているのだろうか。核にあるのはやはり科学技術だ。

ブレヒトが危惧した直観も、そういうことだったのかと、いまにして思う。

すでに一九三二年頃ブレヒトは、「人類の歴史のもっとも面白いプロセスが描きだされる」ような〈パノプティコン＝一望監視鏡の劇場〉を構想し、ガリレオ裁判のドラマ化も考えていた。その演劇構想とテーマ構想の接点にあったのが、二〇世紀初頭の深層からの〈パラダイム・チェンジ〉、「新時代の始まり」の意識だったのではないか。政治、経済、科学、文化、そして生活様式もすべてがどこかで連動しながら、パンドラの箱を開いたように変容していた時代——そこで何が起こっているのか。「見る人／考える人」ブレヒトは、その変容を眺めながら、「演劇界のピカソ」、「演劇界のアインシュタイン」としての役割を果たすべく、そういった問題を演劇にどう取り込んでいけるかを、さまざまな形で探っていた。亡命までのブレヒトのベルリン時代（一九二四〜三三）は、まさにそんな多様な生産的試みの宝庫であった。

もうひとつ、「民主主義の問題」もある。第一次世界大戦のドイツ帝国の敗北で皇帝が遁走し、ドイツ革命をはさんで紆余曲折を経つつ、ドイツは一九一九年に、フランスに百数十年遅れて、ドイツ史上初めての共和国となった。ヴァイマル共和国の誕生だ。議会制民主主義の共和国——それは民主主義の徹底によって、自主・自立、自由、平等と連帯の理想を体現した政体だったはずだが、一九二九年の世界経済恐慌を経た後、その騒乱と普通選挙の過程を経て、一九三三年にヒトラー・ナチス政権が成立。民主主義のアイロニーであるこのファシズム政権の登場によって、ブレヒト一家は追われるように亡命の旅に出ざるをえなかった。それがその後そのまま世界を一周する十数年の亡命の旅になろうとは、ブレヒト自身、思ってもみなかったのではないか。

2. 位相の転換としての一九三八年

①〈スヴェンボルの対話〉

ブレヒト一家はウィーンやプラハ、パリなども訪ねた後、デンマークはスヴェンボル近郊に亡命の居をさだめた。ドイツ語が通じ、人も情報も交流しやすく、いつでも帰国できる隣国の、もと半農半漁の藁屋根の農家で、一九三九年までの六年間を過ごすことになる。私も訪ねてみたが、ここは、田舎の別荘というような心地よさで、妻ヘレーネ・ヴァイゲルや女性秘書たちの才覚や配慮もあったのだろう、「まるで磁石のように」人々を引き寄せ、さまざまな人が訪れては、亡命者センターのような観を呈していたという。ベンヤミンも三四年、三六年、三八年の夏をここで過ごして、『ブレヒトとの対話』のような書も残った。野村修の『スヴェンボルの対話』(平凡社、一九七一年)も参照されたい。

言うまでもなく亡命とは、故郷からも、仕事の仲間や、実践現場からも、母語からも切り離され、それらを奪われることだ。その痛手は、演劇ならなおさらのこと。それでもなお演劇の仕事師ブレヒトはそれぞれの亡命先で、でき得る限りの友人・仲間と、アクチュアルな情報収集と、演劇実践の場とのつながりを維持すべく、模索し続けた。最初の頃は、ヒトラー・ナチスの動向を探知しながら、デンマークから世界に飛びつつ、反ファシズム活動への参加の道を手放さなかった。たとえば三五年パリ、三六年ロンドン、三七年パリでの文化擁護国際作家会議に参加・発言し、スペイン内戦を扱った『カラールのおかみさんの銃』や、ナチスの人種理論を揶揄・批判した『丸頭ととんがり頭』、ヒトラー統治下のドイツでの人々の生活の様子を探りつつ、それを26景のスケッチ集にまとめた『第三帝国の恐怖と悲惨』のようなショート・スタンスの小さな戯曲を書き続け、それをもとに反ファシズムの闘いとして、フレキシブルに組み合わせ可能なモバイルな形のいくつかの場面集にまとめて、パリやデンマークなどでそれぞれ上演の場を見つけたりしていた。亡命者としてのブレヒトは、ファシズムとは何かも考察し（『亡命者の対話』など）、問題提起し続けた。基本的には、ファシズムとは資本主義と同根の矛盾のなかでうまれた、資本主義のもっとも欺瞞《ぎまん》的で悪辣な発展形態ととらえていた。

あるいは一九三四〜三九年は、政治と美学のせめぎ合いが、その左右両極のベクトルをもっとも顕《あら》わにした時代でもあった。一方でベルリン・オリンピックとその映画化へのレニ・リーフェンシュタールの起用と、ナチスの「退廃芸術展」に象徴されるヒトラーによる芸術の政治的利用＝政治の芸術化、他方で、スターリンによる反形式主義キャンペーンから社会主義リアリズムの提示・規範化と政治家や芸術家への粛清の展開である。その狭間で、スペイン内戦とファシズムへの抗議としてのピカソの絵『ゲルニカ』などと並行して、亡命ドイツ人の間で表現主義・前衛芸術の評価をめぐる論争が展開し、反ファシズム国際作家会議が各地で文化遺産擁護を掲げて開催される。そういう時代状況のさなか、三七年十一月には日独伊防共協定が成立し、三八年三月にはナチス・ドイツによるオーストリア併合、九月にはチェコスロヴァキアのズデーテン地方の併合を認めた英仏伊独のミュンヘン会談、十一月にはナチスによるユダヤ人襲撃の公然化＝「水晶の夜」事件、三九年八月には独ソ不可侵条約締結、そして九月に第二次世界大戦が勃発する。

こういった情勢からして、ブレヒトはこの戦争は容易には終わらないと判断し、それならと、戦争が終わるまで生き延びる覚悟を決めて、いつかドイツで自らの演劇活動ができる日のために、歴史的に大きなタイムスパンでことを考える、ロング・スタンスの戯曲を書きはじめたのではなかったろうか。それが、「ブレヒト亡命期の傑作戯曲」の始まりであり、その第一作が『ガリレオの生涯』で、実際に執筆にとりかかったのは一九三八年九月頃のようだ。その後、『母アンナの子連れ従軍記』、『アルトゥロ・ウイの抑えることもできた興隆』、『セチュアンの善人』、『コーカサスの白墨の輪』等々と続いていく。

② 〈歴史の天使〉――異化＝歴史化の方法論――ブレヒトとベンヤミンの対話

そういった時代に、政治・文化の情勢をめぐってブレヒトとベンヤミンが重ねた対話の射程の長さと深さは、いま推し量ってもあまりある。だが、ベンヤミンは亡命先のスペイン国境で、一九四〇年九月二十六日に逝った。ブレヒトの方はナチスの侵攻を逃れ、北欧からアメリカに辿り着いた四一年八月に、ベンヤミンの訃報とともに、彼が社会科学研究所に送った最後の論文『歴史哲学テーゼ』を受け取って、それが明快で、もつれをときほぐす素晴らしい仕事であることをみてとり、「こういう書をせめて誤解でもいいから読んでくれる人の何と少ないことか」（ブレヒト『作業日誌』）と慨嘆した。

服毒自殺した（暗殺されたという説もある）ベンヤミンとは対照的に、ブレヒトは、地球を一周した十数年の亡命の旅でも、再び自国での演劇実践の場を得るときまで生き延びることを自らに課し、かたき討ちはそのときとでもいうかのように、手持ちの在庫品を豊かにすることに努めたのだ。代表作品が亡命期に生まれたアイロニーの所以《ゆえん》だが、戯曲執筆のみならず、それらをどういう意図と機能のベクトルで舞台に乗せるかという演劇論の考察も並行した。現代の芸術は過去のそれとどういう関係に立ち、文化遺産の伝統的な価値の生産と再生の可能性をつなぐものは何なのか――その答えのひとつの鍵概念をブレヒトに与えてくれたのが、ベンヤミンの遺作『歴史哲学テーゼ』における、「〈今〉Jetztzeit」の概念だったのではないだろうか。アクチュアルな現実を読み取るために、〈近代〉を大きなタイムスパンでとらえ直す視角でもある。

「過ぎ去ったものを歴史的に明瞭に分節化するとは、〈そもそもどうであったか〉を認識することではない。危機の瞬間にひらめく想起を把握することだ。史的唯物論者にとって大事なのは、そういう瞬間に歴史主体の前に予期せず現われてくる過去の像を確保すること。この危機は、伝統の存続と伝統の受け手の双方を脅かす。両者にとってこの危機は同じもので、支配階級の道具に我が身を譲り渡すことだ」（ベンヤミン『歴史哲学テーゼ』）

歴史という構成の場を形成するのは、「均質で空虚な時間でなく、〈今〉によって満たされた時間」であり、歴史と現代をこのように互いに関係づけようとする者は、「彼自身の時代が特定の過去の時代と出会う星辰《せいしん》の位置を捉える。そのようにして、彼は現在の概念を、メシア的な時間のかけらの混ざった〈今〉として基礎づけるのだ」（同）。ベンヤミンの〈今〉は、未来のメシアが過去の実現されなかった夢とともにこの一瞬において到来する〈今〉だ。歴史が〈今〉になる。現在を歴史に投げこみ、歴史の側からは、物象化した生活現象や日常的現在の体験への弁証法的洞察の起爆力が返ってくる。

この〈今〉の概念を、ブレヒトは逆の形で、異化＝歴史化の方法論に実践的に組み換えていった。直接ふれる日常的なことは慣れすぎていて、「自明性」のベールをかぶってしまっている、〈異化〉とはそれを「目立つ」ようにする手段だ。この異化によって、観客はもはや「今から歴史に逃げるのではなく、今が歴史となる」（ブレヒト『真鍮買い』）。

「俳優は出来事を歴史的な出来事として演じなくてはならない。……また俳優は、歴史家がとるような事件への距離と行動様式、今の事件や行動様式に対してもとらなくてはならない。出来事や人物を我々に対して異化しなくてはならない」（ブレヒト『俳優術の新しい技術』）

歴史が〈今〉になるベンヤミンと、〈今〉が歴史になるブレヒト。いうなれば過去と現在の関係性においてベンヤミンのいう〈歴史の天使〉のその顕われはポジとネガだが、亡命後期からのブレヒトの異化理論の考察の深化にベンヤミンの存在が大きく与《あずか》っていたことは、確かだろう。

このように構想された〈今〉と歴史の弁証法から、ブレヒトは、現代演劇のあり方と同時に、過去の作品のアクチュアルな顕われへの実践的方法をも、発展させていった。ブレヒトのまなざしの根底にあったのは、芸術文化の新しいものの生産と古いものの再生産を、ふたつながら歴史のプロセスの中で、解放的実践・社会的生産と捉えていく態度だ。ベンヤミン流に言えば、「芸術作品」のオーラ的な権威から要請される催眠的な帰依に対して、観客の側が芸術作品に対して自律して対抗勢力として対峙すること。それゆえ作品は、権威的に手渡された一義的明瞭さの鎖に受容者をつなぐのではなく、むしろ、受容のプロセスによる蘇生の空間をつくりだすようなテクスト、という性格をもつことになる。生命を与えるのは、この受容の場だ。これは、一九三八年頃に亡命ドイツ人の間で展開したルカーチたちとの表現主義論争やリアリズム論争に対して、戦後ブレヒトが演劇実践の場で示してみせた遅ればせの実践的な解答でもある。あるいは〈一九六八年〉を挟んで顕著になった受容美学や古典論争、古典改作やポストドラマ演劇、演出家の時代の先駆けも、ここにみてとれるのではないだろうか。

3.『ガリレオの生涯』の三つの稿

①デンマーク版（一九三八／三九年版）

「人類の歴史のもっとも面白いプロセスが描きだされる」ような演劇——。シェイクスピアと同年生まれのガリレオも、〈天動説から地動説へ〉というまさに世界観の転換期を生きた。ガリレオも一七世紀前半にその地動説や科学上の発見で、巷でもカーニヴァルの山車《だし》にとりあげられるほど注目の的だったらしい。それは科学が生活の地平と目に見えて切り結ぼうとしていた時代の始まりであった。のみならず、二〇世紀前半と一七世紀前半はともに、ことに物理学を中心に傑出した科学者とその成果が輩出し、知る喜びとその影響が自覚され、ボーダーレスな知的な交流と共同体がうまれ、同時にそれが権力との抗争関係に立つこともほのみえていた時代であった。三百年のタイムスパンで、現在を歴史化し、歴史を現在化する、そんな演劇がブレヒトに構想されていたのだろう。デンマーク版は、当初は『ガリレオ―地球は動く』というタイトルで構想されていた。フランシス・ベーコンやデカルト、モンテーニュなどの仕事への言及もあり、生き延びるための「偽装転向」にも見えそうなガリレオの「自説／地動説撤回」に対しても、近代＝新時代の夜明けに対しても、両義的ながら、肯定的なトーンが感じ取れる。

一九三九年のデンマーク版へのブレヒトの覚え書きにはこうある。

「新しい時代のとば口に立っているという確信は、人間にどれほど大きな影響を与えることだろう。自分の周りが未完成に見え、嬉しい改革と改善の予感にあふれ、予期せぬ可能性に満ちているように、そして加工できそうな素材に見える。

自分でもゆったりと、力強く、発明できそうな、朝の気分に満たされる。これまでの信仰は迷信に格下げになり、昨日まで自明だったことが研究対象になる。我々を支配してきたものを、今や我々が支配するのだ。

今世紀の変わり目の労働者たちを何よりも感激させたのは、〈この新時代は、我らとともに進む〉という歌のせりふだった。老いも若きもこの唄を歌いながら行進した。一番貧しく虐げられた者、新時代の予感からすでに何かを得た者は、皆、自分を若々しく感じた。画家としてはペンキ屋級のヒトラーのもとでも、この言葉の誘惑力が試され、彼も「新時代」を約束した。その言葉は曖昧さと虚しさをさらけ出し、曖昧さは大衆を誘惑する者によって使いつくされることで、長いこと強みともなった。〈新時代〉とは、たしかに何ものかであったし、何ものかである。すべてのことに関わり、何ものも不変のままには置いておかない。自分の性格を発展させ、あらゆる空想への余地を持つが、あまりに明確ないい方をするとその余地がなくなってしまう。事始めの感情やパイオニアの気分はウキウキするし、スタートの姿勢はワクワクする。力を示すべく新しい機械に油をさす人々、古い地図の空白を埋めていく人々、新しい家のための地所に鍬《くわ》をいれる人々、そういう幸福感は好ましい」

「新しい時代の開始」の予感はたしかにあったのだ。可能性もあった。だが亡命せざるを得なくなり、時は第二次世界大戦に突入する寸前の一九三八年にいたって、科学と科学者の社会的位置と責任を問う戯曲『ガリレオの生涯』であれば、それはどういう展開になるのか。

三百年というタイムスパンで、アインシュタインはガリレオに重ね合わせられるとはいえ、地動説と「$E=mc^2$」では位相が全く違う。「$E=mc^2$」が世界観の転換どころか、原子核分裂＝原子力＝原爆につながりかねない事は、当初から危惧されていた。しかも先に述べたように、「$E=mc^2$」を契機にした「原子核の分裂」への探りと実験は、当然にも時代状況の中で研究者にとっての焦眉の関心となり、研究開発競争の中で一九三八年には、ドイツの化学者オットー・ハーンがF・シュトラスマンとともに、ウランの原子核が分裂することを発見した。原爆開発においてドイツがアメリカに敗れたのは、ユダヤ人学者を追い出したからだというのが定説になっている。（ロベルト・ユンク『千の太陽よりも明るく――原爆を造った科学者たち』菊盛英夫訳、平凡社、二〇〇〇）デンマーク亡命中の三七年に書かれた『第三帝国の恐怖と悲惨』の第8景「物理学者たち」は、ドイツのゲッティンゲンの物理学研究所で二人の科学者がこっそりこの核分裂の研究に取り組んでいる場面だし、オットー・ハーンのニュースを耳にしたことが、『ガリレオの生涯』執筆への直接の契機になったという説もある。この作品への覚え書きではこうも明言している、「デンマーク版でプトレマイオスの世界像を再構成する仕事を手伝ってくれたのはニールス・ボーアの助手たちで、彼らはその頃、原子を破壊する問題に取り組んでいた」。ボーア（一八八五〜一九六二）はデンマークの理論物理学者で、一九二二年にノーベル物理学賞を受賞。量子仮説の導入により原子構造を解明して原子物理学の進歩に貢献し、多くの弟子たちを育て、戦後は原子力の国際管理を提言した人物だ。オットー・ハーンも戦後に原爆投下のニュースに驚き、核実験および核兵器の反対運動に努力した。

つまり、それでもなお三九年に書きあげられた第一稿のこのデンマーク版は、とりあえず原子力の問題は横に置いて、一六〇〇年と一九〇〇年の「新時代の始まり」が重なり、自説を撤回して幽閉されつつも『新科学対話《ディスコルシ》』を書きあげたガリレオに、生き延びて抵抗して真理を守ることを自らに課した演劇亡命者である自分と、アメリカに亡命してプリンストン高等研究所の教授になったアインシュタインを重ね合わせることもできるようなトーンになっている、ともいえる。ファシズムの中で生き延びることのはらむ擬態は自覚しつつ、権力との関係も測りながら、それでも科学／演劇の真理性追究を手放さない、そんな人間と状況の三十年間の関数関係が、ポジとネガの両面で、身振りを検証する叙事的な絵巻きのように示されていく。この第一稿は四三年九月に、ドイツ人亡命者の集結地チューリヒのシャウシュピールハウスで、レオナルド・シュテッケル演出・主演で、初演された。

付言しておくなら、その後、さらにナチス・ドイツが侵攻してきたので、亡命地をスヴェンボルからスウェーデンに変えた一九三九年の第二次世界大戦の勃発直前に、戦争とはそもそも何なのかを問い、戦争は商売、商売は戦争、商売は資本、というテーマに絡めた『母アンナの子連れ従軍記』が書かれた。ついで亡命地をアメリカに変える直前の一九四一年には、戦争遂行人の政治家ヒトラーの台頭をシカゴのギャング団アル・カポネの興隆に重ねた『アルトゥロ・ウイの抑えることもできた興隆』も書かれた。科学―戦争―資本―政治の関連を示すこの三作は、おそらくブレヒトの探りの考察においては、三位一体だったのではないか。いずれも答えのいまだにない現在形の問題だ……。

②アメリカ・英語版『ガリレオ』（一九四四／四七年版）

ナチスに追われてブレヒトはさらに一九四一年に亡命地をアメリカはロス・アンジェルスに変えた。その地で、イギリス出身の舞台俳優で映画界入りしてロスに住んでいたチャールズ・ロートン（一八九九〜一九六二）と知り合い、ロートンがこの『ガリレオの生涯』に関心を示したので、二人はカリフォルニアでの上演のために共同で、四四年から英語版の第二稿にとりかかった。その最中の四五年夏、ヒロシマ・ナガサキへの原爆が投下された。——その報を聞いたブレヒトは、あらためて知の責任を直観し、ガリレオ像を再検討する。ガリレオを肯定的に示すペストの場や最後の『新科学対話《ディスコルシ》』の国境越えの場も削除、科学者の社会的責任が強調され、ガリレオの自己断罪はより厳しいものとなる。

まずはアメリカ版へのブレヒトの序文「新時代の粉飾なしの実像」（一九四六年）から。

「［デンマーク版での］私の意図は、何より「新時代」の粉飾のない実像を示すことだった。これは結構しんどい企てだった。周りの人々は皆、我々の時代には新時代らしいものはまったくないと確信していたからだ。数年後、私がチャールズ・ロートンと一緒にこの戯曲のアメリカ版をつくったときも、同様だった。この改作の真っ最中に、ヒロシマで〈アトム時代／原子力時代〉がデビューした。一夜にして、新しい物理学の創始者であるガリレオの伝記は違った読み方をされるようになった。巨大な原爆の地獄的な効果は、ガリレオと彼の時代の権力との葛藤を、新しい、より鋭い光の中に置くことになった。我々はしかし全体の構造は何ひとつ変えずに、ごくわずかな変更をするだけでよかった。すでにこの戯曲のデンマーク版において、教会は世俗的な権力として描かれていて、そのイデオロギーは、根本において他のイデオロギーと取り換え可能に描かれていたからだ。最初から、民衆と結びついた科学という考えが、巨人的な人物ガリレオ理解の鍵として使われていたからだ。民衆はガリレオ伝説の中で、何世紀にもわたって全ヨーロッパで、ガリレオの自説撤回を信じないという栄誉を彼に与え続けてきたのだ。科学者というものがもうとっくに、一面的で非実用的で、去勢された奇人変人だと嘲笑されるようになってからでさえも」

このアメリカ・英語版『ガリレオ』はデンマーク版の三分の二という短さで、初演は四七年七月にロス・アンジェルスはビバリーヒルズのコロネット劇場。ブレヒトとロートンの共同作業で、演出はジョセフ・ローセイ。その改作作業中のメモには、アインシュタイン理論の実践的帰結への批判が書きこまれている。

ブレヒトが当時どこまで原爆開発の事情に通じていたのかは分からないが、情報通としてかなり察知はしていたのではないか。元来は非政治的平和主義者であったアインシュタインは、原爆の威力のすごさは認識しながら、ナチス・ドイツに対抗するために、原爆製造を開始するよう一九三九年にアメリカ大統領ルーズベルトに手紙を書き、それを契機に、ロスアラモス国立研究所でオッペンハイマーを中心とする原爆の製造が現実化したのだった。

それを受けての四五年八月のトルーマン大統領の指令によるヒロシマ・ナガサキへの原爆投下は、開発に携わった科学者自身にも深刻な打撃となり、その後も原子爆弾の機密をソ連に提供したという理由でニューヨークの電気技術者ローゼンバーグ夫妻が一九五三年に死刑執行され、水爆開発に反対したオッペンハイマーは五四年に公職を追放された。すでに公然化し始めていたマッカーシズムの「赤狩り」のなかで、ブレヒトも四七年十一月に非米活動査問委員会に喚問され（ガリレオの喚問を地でいくようだ）、十二月の『ガリレオの生涯』のニューヨーク公演も待たずにアメリカを去る。このときのニューヨーク公演には、劇作家ジョージ・タボリや作曲家ハンス・アイスラーも協力している。アインシュタインも次第にアメリカへの批判を強めていき、原子力の政治的利用に反対する運動を始めようとしていたときに、死去した。

この「チャールズ・ロートンによる英語版改作（アダプテーション）」と銘うたれたアメリカ版の面白さは、もうひとつあるだろう。ブレヒト自身によって、後に写真を添えて、ロートンのガリレオの役作りをまとめて論じた『ある役の組み立て——ロートンのガリレオ』という本が出された。ブレヒトの『モデルブック』にもおさめられているし、その、ロートンとの共同作業についての序文「ある役の組み立て」は、『ガリレオの生涯』の注にも採用されていて、とても興味深い。

翻訳者のロートンはドイツ語ができず、もう一方の翻訳者（ブレヒト）もわずかの英語しかできず、この「デンマーク版からの翻訳」は、芝居をしながらの、身振り（ゲストゥス）を通しての共同作業で「舞台台本」をつくりあげるという形で進行した。太平洋を望むロートンの大邸宅の図書室で、ディテールは文献で調べつつ、場面を演じつつ、発語しつつ、両者が納得するまでやってみて、最後にブレヒトが「それだ」というと、ロートンがセンテンスごとに手書きの英語でメモをする、それをまた何度もやってみる。

原作者であるブレヒトには「残酷」と思えるほどロートンは印刷台本には無関心で、劇場で上演される台本に集中したようだ。それゆえか、英語はリズミカルでテンポよく、センテンスも短く簡潔で、身振り的である。最後の自己断罪のガリレオの台詞もそっけないほどきっぱり簡潔だ。改訂版新全集の原文の頁数ではデンマーク・ドイツ語版が一一〇頁、アメリカ・英語版は七〇頁ほどだが、実際には原作のほぼ半分の短さだろうか。たしかにこれは、ブレヒト戯曲というより、その「ロートンによる舞台用翻訳改作台本」だろう。しかしそれゆえの魅力があり、ブレヒトがいかにこの共同作業のプロセスを心から楽しんだかは、ブレヒトが書いたこの「序文」の文章からもよく窺える。ちなみにこのアメリカ英語版の『ガリレオ』は、二〇〇九年に笠啓一訳で刊行されている（績文堂出版）。

③ベルリン版（一九五五／五六年版）

一九四八年に十五年ぶりにベルリンに帰り、翌年劇団ベルリーナー・アンサンブルを設立し、やっと自国での演劇実践の場を得たブレヒトは、『母アンナの子連れ従軍記』の後、『ガリレオの生涯』を演出しようと、一九五三年から、ローゼンバーグ事件やオッペンハイマー事件も反映させた第三稿のベルリン版の改作にとりかかる。だがその最中に、一九五五年四月十八日のアインシュタインの死を知る。『アインシュタインの生涯』執筆の可能性が現実化したと考えたブレヒトは、すぐさま彼の伝記や関連文献を集めて、フンボルト大学の物理学者たちに共同作業を依頼し、具体的な構想を練り始めた。『ガリレオの生涯』の第三稿のベルリン版が、ペストの場も国境越えの場も復活して、長さも百頁余で、むしろ第二稿のアメリカ版より第一稿デンマーク版に戻っているように見えるのは、同じ科学の問題性としてアインシュタイン・テーマをガリレオのテーマに盛り込むのではなく、むしろこれを機に、両者を切り離して独立させようと考えたことによるのではないだろうか。もちろん、いずれの版でもブレヒトは、ガリレオをひとつの先例、検討すべきパラダイムとして扱おうとしているし、アメリカ版にあるガリレオの自己断罪や科学者の社会的責任の問題はベルリン版にもそのまま反映・提起されてもいるが、科学と科学者の責任の問題は、時代転換のより大きな構想の中で問題提起されている。

ブレヒトの同意を経た最終稿として、光文社古典新訳文庫ではやはりこの最終のベルリン版を採用した。このベルリン版は、一九五三年からエリーザベト・ハウプトマン、ベンノ・ベッソン、ルート・ベルラウの協力を得て最終版にまとめられることになっていて、一九五五年にブレヒトの了解も得て、ズーアカンプ社とアウフバウ社から「試み」十四号として刊行された。しかし最終版は正式には一九五七年、ブレヒト死後にズーアカンプ社とアウフバウ社から戯曲集第八巻として刊行された。初演は、ケルン・カンマーシュピーレ（一九五五年四月、演出フリートリヒ・ジェームス）、ニュルンベルク（一九五六年五月、同じくジェームス演出）、ウイーン（一九五六年六月、ヴォルフガング・ハインツ演出）、そして本来のベルリーナー・アンサンブルでの初演はブレヒト没後の一九五七年一月十五日で、エルンスト・ブッシュ主演、エーリヒ・エンゲル演出だった。この上演では第15景はカットされていた。時代状況の中で、それだけこの『ガリレオの生涯』は舞台化を嘱望されていたということだろう。

4．最終版『ガリレオの生涯』

『ガリレオの生涯』のこの三つの稿はすべて、ブレヒト生誕百年を期して新たにズーアカンプ社とアウフバウ社から刊行された三十巻余の改訂版全集の第五巻に、ブレヒト自身のこの作品への覚え書きや注とともに収められている。日本の千田是也訳（白水社、一九六三年）や岩淵達治訳（岩波文庫、一九七九年／ブレヒト戯曲全集第四巻、未來社、一九九八年）も、第三稿のベルリン版を採用している。岩淵達治訳には、この作品へのブレヒトの三つの稿の異同への言及や「覚え書き」もかなり訳出されているので、参照されたい。

最終版『ガリレオの生涯』に即して、あらためてこの作品を考えてみよう。

①まずは一九五五年の最終ベルリン版へのブレヒトの「前書き草稿」から「『ガリレオの生涯』は、一九三八年も終わろうとする最後の暗い数カ月に書か

れた。多くの人々がファシズムの進軍はもはや止めえないと思い、西欧の文明の最終的な崩壊が訪れたと考えた時である。事実、自然科学の隆盛や、新しい音楽芸術や新しい演劇芸術をもたらしたあの偉大な時代［二〇世紀初頭と一九二〇年代のことだろう］は終焉の寸前だった。ほとんどどこでもかしこでも野蛮で「歴史のない」時代が待望されているようだった。新しい力を予見し、新しい理念の生命力を感じていたのは、ごく少数にすぎなかった。社会主義の古典的思想家の理論は、新しさの魅力を失い、すでに過去の遺物になっているように思えていた。ブルジョアジーは、科学を科学者の意識の中に孤立させ、科学を自給自足の孤島にしてしまい、実際にはそのことによって、科学を自分たちの政治、経済、イデオロギーに取り込み得るものにしてしまった。研究者の目的は、〈純粋な〉研究であり、研究の成果は、純粋ではなかった。公式〈$E = mc^2$〉が永遠に頭で考えられたものであれば、何の拘束もない。そうやって、別の連中が結びつきをつくりだして、ヒロシマという都市が突然息の根を止められてしまうわけだ。科学者たちは、機械の無責任さを隠れ蓑《みの》に使う」

②新時代の実像

やはりこの最終稿でも、まず見えるのは、一九〇〇年頃の現在を「新時代の朝明け」として一六〇〇年頃と重ね合わせで透視しようとしていたブレヒトのまなざしだろうか。一七世紀初頭と同様に二〇世紀初頭も、政治・経済・生活・文化・芸術のあらゆる面で現代への転換点の「新時代の始まり」だった。一九〇〇年頃とその実像を読み解くために、三百年前の近代の始まりを合わせ鏡で、暗さと明るさをふたつながら同時に見ようという、これは無理を承知の難題で、両者を「粉飾のない実像」として考察・描写しようとしている。ブレヒトが観客・読者の我々に要請しているのも、そういうまなざしなのだろう。「矛盾こそ希望だ」――ブレヒトが一九三〇年の『三文オペラ』の映画化についての裁判をめぐって考察した論考「三文裁判」に巻頭言としてつけた名文句だが、さて問題は、どういう矛盾を読み取ってどういう希望をそこに見出すか、見出し得るかだろう。おそらく、ブレヒトにとってもそれは探りと思考のプロセスで、最終的な正解・解答はないのだ。

そして、そこでケース・スタディとして正面に据えられるのが、ガリレオ・ガリレイ（一五六四～一六四二）の一六〇九年から一六三七年まで、つまり四十六歳から七十三歳までの生涯である。全15景が叙事的につながって、登場人物は四十数名。ガリレオを中心とする身内や研究仲間、ヴェネツィア共和国のパドヴァ大学、フィレンツェの宮廷に、新興財界層、ローマ・ヴァチカン教皇庁といった権力圏、ガリレオ人気をカーニヴァルで祝う庶民や民衆たち——。そういう総体的な関連のなかで、「近代科学の父」と呼ばれるようになるガリレオと、その近代科学の出発点での可能性と問題性が、地動説の立証と撤回をはさんだ約三十年にわたって、レリーフのように浮かび上がってくる構造になっている。時代はルネッサンスと宗教改革、地理上の発見の後をうけた、近代の曙《あけぼの》の一七世紀だ。

③矛盾としての新時代

当時のイタリア半島は、トスカーナ大公国、ヴェネツィア共和国、ミラノ公国、ジェノヴァ共和国、教皇領、ナポリ王国に分かたれていて、これら国家間の関係はいろいろ複雑だった。一一世紀以降、ローマ教皇庁と神聖ローマ帝国皇帝が覇権争いをする中で、北・中部の諸都市は都市自治権を得て経済的繁栄をもたらし、周知のように一五～一六世紀のイタリアにはルネッサンス文化の花が開き、ことに産業が盛んな北部イタリアのヴェネツィアなどは都市共和国となり、フィレンツェは一五世紀半ばにはメディチ家の支配下でダ・ヴィンチやラファエロ、ミケランジェロが活躍、美術や工芸の中心地として栄え、一七世紀にはトスカーナ大公国の首都になった。対してローマ・カトリック教皇、つまり本作品のバルベリーニ枢機卿が即位したウルバヌス八世（在位一六二三～四四）は、『母アンナの子連れ従軍記』の舞台となった三十年戦争（一六一八～四八）では、神聖ローマ皇帝とともに旧体制（アンシャン・レジーム）の領袖になり、新教を掲げる北欧や北ドイツのニューカマーの職人・商人階層主体の新興勢力と戦うことになる。イタリア内部にももちろんこういったカトリック教皇庁と新興勢力の新旧対立はあったわけで、とりわけ第12景の教皇が法衣を身に着ける場面に象徴されるように、本来は科学好きで開明的な教皇は、北部港湾都市の職人や船乗りや商人たちが必要とするガリレオのつくった星図や計算図表を黙認したいから、ガリレオの異端審問には反対だったのだが、異端審問所長官に追い詰められ負けてしまう。微妙な勢力関係の時代でもあった。この場での思想闘争とも言うべき二人のやり取りも、なかなかの迫力である。それに先行する第8景、ローマ学院がガリレオの発見を確認した後にその教皇庁の判定をガリレオの耳元でささやいてくれた若い平修道士がガリレオを訪ねてきて、自分の両親のことを思っての躊躇《ためら》いを訴えてかわす二人の「ある対話」も秀逸だ。「真理」が応用問題では決して一様ではないという揺れの拓き方と、結果的にその平修道士は次の第9景ではガリレオのもとに弟子入りして「太陽黒点」の研究に加わって行くという成り行きと……矛盾は人間のあり方（身振り）において顕現する。

④矛盾存在としての個人（主義）＝ブレヒト叙事的演劇の主人公の魅力

ゆえにガリレオも、もろにそういう矛盾・軋轢《あつれき》のなかに置かれている。作品では言及されていないが、実際のガリレオはトスカーナ大公国下のピサで生まれ学び、そこで王子時代のコジモ二世の家庭教師もし、ピサ大学で数学教師の職も得ていた。そして四十六歳でヴェネツィア共和国のパドヴァ大学数学教授に転身し、さらなる俸給アップと研究時間の確保のためにトスカーナ大公国フィレンツェ宮廷へ移り、望遠鏡による天体の観察・実験・考察の研究成果を自負して、ローマ・ヴァチカン教皇庁と渡り合う。

いまでこそガリレオは「近代科学の父」と呼ばれるようになったが、当時は科学は神学の侍女で、それに抵触することは異端でご法度だった。そういう中で科学と科学者が自律していく道程は、実際にはどういうことだったのかが、検証に付される。

ブレヒトは「ガリレオという役について」という覚え書きで、こう書いている。「この物語の新しい人物の異質で、新奇で、目につくところは、彼、ガリレオ自身が一六〇〇年当時の彼の周りの世界を、まるで異邦人のように眺めることによってもたらされる。彼はこの世界を研究するのだ。この世界は奇妙で、老朽化していて、解明を必要としている。第1景ではルドヴィーコ・マルシーリとプリウリを、第2景では元老院評議員たちが望遠鏡を覗き見る様子（こういうものをいつ買えるようになるのかというような様子）を研究する。第3景では（フィレンツェ大公は、まだ九歳だぜと諫《いさ》める）サグレドを、第4景では宮廷学者たちを、第6景では僧侶たちを、第8景では若い平修道士を、第9景ではフェデルツオーニとルドヴィーコを、第11景では（ほんの一秒間だが）ヴィルジーニアを、第13景では彼の弟子たちを、第14景ではアンドレアとヴィルジーニアをそれぞれ研究する」――このガリレオのまなざしが、ブレヒトのまなざしでもあるのだろう。

科学――謎や好奇心に導かれて、あるがままを観察し、記述し、論理で考察し、そういった実験や経験や観察に基づく証明の実証性こそが科学の始まりだ、とは、まずは冒頭の第1景の四十六歳のガリレオが十歳のアンドレア少年を「教育する」場面で示されていく――「新時代のとば口に立っているという確信」、「ワクワクする幸福感」。これまでアリストテレスの体系から演繹《えんえき》されてきた真理を、実証による帰納法的真理へと転換させた近代科学。ブレヒトも二〇世紀初頭に同じような研究と発見へのまなざしを、持とうとした。

そのガリレオも、矛盾のかたまり＝ファウスト的なエゴイストの巨人＝近代個人主義者の先駆けとして描かれる。エゴイズムと言えるほどの知識欲と計算。第1景から、研究時間確保のためにパドヴァ大学事務局長に俸給アップを交渉しようと、家庭教師志願の教え子ルドヴィーコの話の受け売り・剽窃による望遠鏡をさっそくヴェネツィア共和国に俸給倍増の高値で売りつけ、それを用いて天体観察した木星の衛星には「メディチ星」と名付けて歓心を買って、フィレッツェ宮廷に売り込む――それは彼の野心や出世欲でもあるとともに、当然のメセナ活用意識でもあったし（メセナは多くの芸術家を庇護した古代ローマの政治家マエケナスに由来するという、民間の文化・芸術活動に対する企業や団体の支援や資金援助のこと）、産学協同の始まりともとれる。科学が実際に人々の役に立てばこそ可能なことである。それを直感的に見抜いて売り込んでいくガリレオは、まさに近代人だ。だからこそ職人階層の役に立ち、受け入れられ、支援され、人気もあった。資本主義の勃興期の興隆にも貢献した。ブレヒトいわく、「つまりこの作品の主人公《ヒーロー》は、ヴァルター・ベンヤミンが指摘したように、民衆なのである」。だが「民衆」とは抽象概念だ。具体的には何をさし、何を意味するのか。

自らの研究のためには俸給も時間も必要。そのためには誰に依拠するか。直感でそれを見抜くガリレオは、科学や学問の世界ではラテン語が共通語であればこそ、知識は国境を越えて共有されたはずなのだが、いまや科学が民衆に届くためには民衆語で語り書かれるべきだと信じ、説き、実践する。印刷術の普及で活字・書物文化が始まった頃でもある。文才にも秀でていたガリレオは、積極的に著書やパンフレットを民衆語で出版し、自分の考えを広めていく。『星界の報告』、『贋金鑑識官』、『天文対話』、『新科学対話』——だからこそ、「科学は民衆のものになった」し、カーニヴァルの山車になるほどの人気者にもなった。三百年後のアインシュタインの人気ぶりも重なって思い起こされる。

パトロンを乗り換えつつ、ローマ・ヴァチカン教皇庁さえも望遠鏡で実証された科学的真理には逆らえないはずだと確信し、思いあがる。教皇庁学問所のローマ学院は、イエズス会士の誇りをもった大学施設でもあって、クラヴィウスをはじめとする科学者が一度はガリレオの説を認めた。だがそう簡単にはいかない。科学と信仰は二律背反で、思想としての地動説は信仰の世界観を覆す。ガリレオもひとまず教皇庁の注意勧告を受け入れて八年間は沈黙を守るが、科学好きの新しい教皇ウルバヌス八世の誕生の期待にその沈黙を破って、「太陽黒点」の研究を再開。それを知った富裕な地主で娘の婚約者ルドヴィーコが婚約破棄しようとするのもかまわず、「私には、知らなきゃならんことがあるんだよ」と豪語する。そのエゴイズムが、「ガリレオ人気」にもつながるのだろう。

自分の研究継続のために、下宿のサルティのおかみさんがペストにかかったことも見て見ぬふり。娘ヴィルジーニアが科学に興味を持とうとしてもはねのけ、父の研究欲のために婚約者に捨てられるヴィルジーニアは、ますます信仰を拠り所にするしかない。ガリレオは生活者としてはその二人の女性に支えられて生き延びていくのに。ちなみに伝記上のガリレオは、一五九九〜一六一〇年の間マリーナ・ガンバという女性と結ばれ、二人の娘（長女がヴィルジーニア）と息子をもうけたが、結婚はせず、互いに自由を守り、一六一〇年に円満に別れたらしい。子供はガリレオが引き取り、マリーナはガリレオとは良好な関係にある男性と暮らしたという。一六世紀のイタリアでは、自由な結びつきや同棲は珍しくなかったとか。この作品ではそういう面でのガリレオまでは描かれていないが。

あるいは異端審問の危機に際して、ガリレオは第11景で、鋳物工の親方ヴァンニに北イタリアへの亡命を勧められてもそれは受け入れず、あてにしていた新教皇も弁護してはくれず、第13景の異端審問で地動説の自説を撤回。無償で尽くしてきた弟子たちが、「英雄のいない国は不幸だ」と落胆するのに対して、「英雄を必要とする国が不幸なのだよ」と嘯《うそぶ》く。その後十年間自宅幽閉されつつも続けた『新科学対話《ディスコルシ》』の執筆。訪ねてきたアンドレアが自説撤回で、あなたにしか書けない科学的な著作を書く時間を稼がれたのだと、かつての師を赦し讃えると、そうではないと諭す。「科学者が利己的な権力者に脅かされて、知識のための知識を積み重ねるのに満足するようになったら、科学は不完全になり、君たちの作る機械だって、新たな災厄にしかならないかもしれない。……私の時代に、天文学は市のたつ町の広場にまで到達した。そういう特別な状況の中で、ひとりの男が節を屈しなかったら、世界を揺るがすこともできたはずさ。私が抵抗していたら、自然科学者たちも、医者のヒポクラテスの誓いのようなものを発展させ得たかもしれない。自分たちの知識を人類の幸せのためだけに使う、というあの誓いを、だ」。ガリレオの自己断罪は容赦ない。科学者の悪意ぬきの知識のための知識が、結局は原爆につながったのだ。ブレヒトは「ガリレオの犯罪は、近代科学の原罪だとみなすことができるだろう。……原爆は、技術的な現象としても社会的な現象としても、ガリレオの科学的な業績と社会的な機能不全が生み出した、古典的な最終生産物である」と注に書いている。だが、この最終稿では、最終景でアンドレアによって、近代科学の基礎となる『新科学対話《ディスコルシ》』は国境を越えて後世に託される。実際にはガリレオ自身が謀って、プロテスタントの地オランダのライデンで印刷させたらしいのだが。三十年戦争のさなかだ。さほどにしたたかだった。

それでも最終的にブレヒトはこう断じている。「ガリレオは、一七世紀の三〇年代に封建制に打ち負かされたイタリアの知識人の標準を示している。オランダやイギリスなど北方の国では、いわゆる産業革命のなかで生産力がさらなる発展を遂げていった。その意味でガリレオは、その技術的な創造者であり、社会的には裏切り者であった」。

⑤ポジとネガ──「新時代」の粉飾のないありのままの実像……

「この戯曲は、新時代の開始を示しながら、それについてのいくつかの先入見を修正しようと試みている」──食欲＋知識欲＋仕事欲＋表現欲のかたまりのような近代人ガリレオの矛盾。それゆえの魅力。これは「母アンナ」の魅力にも通じるし、ブレヒト大戯曲の主人公のすべてに通じる魅力で、かつ欠点でもあるのだろうか？　仕事優先で妻妾同居を地でいった現実のブレヒト自身とて、矛盾のかたまりではなかったか。矛盾存在としての人間は魅力的？　矛盾こそ、希望……？　ポジとネガ……どういう矛盾を「希望の原理」としてどう読み解くか。

やはりおそらくそういうことだけではないのだろう。描きたかったのはガリレオの伝記ではなく、ガリレオ（／科学）の問題性で、それが見えるような演劇なのだ。一九三九年の『作業日誌』にブレヒトはこう書いている。「『ガリレオの生涯』は技術的に見ると大きな後退だ。……科学というバラ色の曙光《しょこう》を示そうとするなら、まったく新しく書かれなければならない。しかし、作業、楽しい仕事は、実践、つまり舞台との触れ合いの中でしかできないもののようだ。さしあたっては『ファッツァー』断片と『パン屋』の断片を研究してみることか。この二つの断片は、技術的には最高の水準にある」。最後のふたつは、ブレヒトが〈教育劇〉として書こうとした戯曲の未完断片である。『リンドバークの飛行』のような、一九二〇年代に試み始めていた従来の戯曲とは異なった新しいスタイルの演劇を、本来なら試みたかったが、実験の場がないガリレオのように、実践の現場がないと演劇も試せない、亡命中の擬態と呻《しん》吟《ぎん》……。

あるいは一九四七年の注にはこうある。「『ガリレオの生涯』は、台本としては、現代の演劇の様式をそれほど変えなくても上演できる。……だが劇場自身がしかるべき頭の切り替えをやらないと、この戯曲の主要な効果は失われてしまうだろう」――ドラマの変革は、シアターの変革とともに車の両輪でもあった。それでも亡命期のブレヒトは、亡命からの帰還後に演劇実践を再開できる日のための素材や思考を、ガリレオのように体調を壊しても貯蔵しておこうとした。一九二〇年代ベルリンの演劇実験の時代への思いは、「演劇の未来形は教育劇の『処置』だ」や、「メイエルホリドに学べ」といったベルリーナー・アンサンブルの俳優たちへの遺言にも託されている……。

5. ブレヒトの『アインシュタインの生涯』構想

①ガリレオからアインシュタインへ

いくら「新時代」に一六〇〇年と一九〇〇年を重ねようとしても、『ガリレオの生涯』はやはり『アインシュタインの生涯』にはならない。地動説では原子力問題は語れない。人類がいまだ解決し得ていない両刃の剣、それが焦眉の危うい近未来の課題だと思えばこそ、ブレヒトは最後までこのテーマにこだわり続けた。その莫大なエネルギーの「平和利用」という名目を掲げても、原子力はいまなお「アウト・オブ・コントロールの怪物」であり続けていることを、今回の「フクシマ」の原発事故も警告しているではないか。人類の新たな「プロメテウスの火」への恐れ――ロートンとのアメリカ版の仕事は、おそらくブレヒトにその思いを逆説的に高めたのだろう。ベルリン帰還後に演劇実践の場を得てから、新しい試みの地平としてまず着手されたのが、『アインシュタインの生涯』だった。

ともあれ、一九五六年二月十六日付の新聞「ターゲスプレッセ」に、ブレヒトが戯曲『アインシュタインの生涯』の執筆にとりかかっている、という記事が出た。フンボルト大学の物理学の教授から、一九二八〜二九年にアインシュタインの授業を聴講したことがあり、お役にたちそうな話もできそうだから、という手紙と参考文献が送られて来て、ブレヒトはぜひ会いたいと応じているが、その頃は大学病院に入院した状態で、それだけの元気がもうなかった。体調すぐれず、最後まで完成させたがっていた『アインシュタインの生涯』も断片のまま、『ガリレオの生涯』演出の稽古途上の一九五六年八月十四日、心筋梗塞でブレヒト死去。この文字通りの遺言となった『アインシュタインの生涯』にも、ここで最後に触れておかないわけにはいかないだろう。

遺された断片や証言によると、『アインシュタインの生涯』は『ガリレオの生涯』のような伝記劇のスタイルではなく、教育劇『処置』のようなコーラス劇の形で構想されていたようだ。そこではギリシア古代悲劇のコロスのように、労働者の合唱団が、「純粋科学」の帰結としての社会の進歩的な諸力からの孤立に気をつけるように警告し、「科学」についての裁判を執り行うことになっていたというが、構想はごく断片しか残っていない。

その遺稿断片は、ブレヒト新全集第一〇巻（九八四～九八六頁）に、ブレヒトの生前最後の戯曲遺稿断片として収められているので、全集の注を参考にした訳注を補いつつ、以下に訳出して紹介しておこう。

②ブレヒト遺稿断片：『アインシュタインの生涯』

〈A1〉

そのとき彼の心臓の血管が破裂する（最期。［アインシュタインは大動脈瘤破裂で一九五五年四月十八日逝去］）。

ヒロシマの報せ［一九四五年八月六日の原爆投下、二十六万人が即死］がプリンストン［アインシュタインはここの高等研究所で一九三四年から一九五五年の逝去まで働いていた］に届く。住民は恐怖のまなざしで平和の先覚者［アインシュタインは自分が平和主義者であるという声明を繰り返し公にし、国際的な平和組織でも活動していた］である偉大なアインシュタインを見る。

アインシュタインは、彼の最良の弟子たちが、何故の問いから、如何《いか》に、への問いに向きを変えるのを見る（量子論）。

ファシズムに対する勝利者がファシストであることが明らかになる。アインシュタインの弟子たちは研究に隷属させられる。ファシズムへの彼らの忠実度が試されるのだ［ここではJ・R・オッペンハイマーが想定されているようだ。彼は一九四三〜四五年にアメリカの原爆開発のマンハッタン計画を主導したが、原爆投下後に疑念を感じ、戦後には水爆製造に異を唱えて、五四年六月に公職追放された。ブレヒトは『ガリレオの生涯』のベルリン版を作る際に、この事件も熱心に調べて取り組んでいたという］。

ある労働者がアインシュタインと論議する（MASCH＝マルクス主義労働者学校）。因果律の問題。

〈A2〉

以下のことを統合させること。

アインシュタインのMASCHでの因果律についての講演。予言し計画することが可能という合法則性が最後に明らかにされたとき、さらにその先を聞きたいという労働者の抗議。

アインシュタインのド・ブロイ［一八九二〜一九八七、フランスの物理学者。ルイ・ヴィクトル・ピエール＝レイモン・ド・ブロイ。一九二九年に電子波の理論でノーベル物理学賞受賞。アインシュタインは量子論のこういう展開に批判的に対峙した］への闘いと統計的な因果律。

「神はさいころ賭博師ではない！」［アインシュタインのお気に入りの言葉だったという］

彼らの理論は反乱であるが、その反乱には十分な因果律が必要だった。

〈A3〉

デッサウのオペラのために。

Xは、ナチスが彼の書物を焚書《ふんしょ》にする様子を眺めている。彼は、ナチスが恐れるべきは彼の書物ではなく、彼自身であることを知っている。偉大な公式は、撤収不可能なのだ。

これが発端。最後に彼は、彼の勝利が敗北に変わってしまったのを知る。彼とても、あの偉大な公式はそれが致命的［な結果をもたらすもの］であることが判明しても、撤収することはもはや不可能なのだ。二つの勢力が戦っている。そして（彼にも定義できず、ぼんやり判然とはしないのだが）その二つの勢力の外部と内部に第三の勢力（コミュニズム）が存在している。Xは、二つの勢力の一方に、偉大な公式［$E=mc^2$］を引き渡す。彼を保護してくれるからだが、彼はその二つの勢力の顔が似ていることを見落としている。味方の勢力が勝利をおさめ、敵の勢力を打ち負かす。そのとき恐ろしいことが起こる。味方の勢力が敵の勢力に変わり、これまで庇護してきた者たちにも、恐ろしい姿を現す。しかもその勢力は彼を味方とみなして、同志としてもてなすのだ。

〈B1〉

自然認識の進歩は、

社会認識の停滞のときは、

致命的となる。

〈B2〉

Eはファシズムの敵に致命的な武器を手渡す。

そしてファシズムの敵はファシストになる。

〈B3〉

私は戦争に反対だと、かつて私が言うのを聞いたというのは、愚かなこと、なぜならそれは愚かな命題だから。つまり私の命題の半分でしかない。私が言いたかったのは、戦争は私にも他の人にもたくさんの不当なことをもたらすから、私は戦争に反対なのだということ。その結論としてこう言ってもいいだろう、平和が私にも他の人にも、戦争よりもっと多くの不当なことをもたらすにしても、私は平和に賛成なのだ、と。

③これらのメモが書かれた時代の文脈と背景

A1とA2の断片の日付は、アインシュタイン逝去直後の一九五五年五月一日のメーデー。ベルリン、マルクス・エンゲルス広場での桟敷席の招待状の裏に書かれたメモである。この頃すでにブレヒトは、アインシュタイン関連の文献や資料を集め始めたようだ。

同じ一九五五年六月半ばにベルリーナー・アンサンブルの客演でパリを訪ねたブレヒトは、作曲家パウル・デッサウに再会。デッサウも、アインシュタインを中心に置いたオペラのプロジェクトを考えていて、その草稿をブレヒトに見せた。ブレヒトがさっそくそれに呼応して書いたというメモが、A3である。

五五年夏から冬にかけてのブレヒトは「場の理論」などの文献を読んだり、資料文献にあたったりしたものの、体調がすぐれず、『ガリレオの生涯』の稽古も、『アインシュタインの生涯』の執筆もいくらかの場面構想をつくったりはしたようだが（それがB1〜3だろう）、なかなかはかどらなかった。両者の間を関係づけようともしていたらしいが、ともに果たせぬまま、ブレヒト、心筋梗塞で一九五六年八月十四日逝去。享年五十八。

A3の記述に関しては、時代背景をもう少し考えておこう。ここの部分には、これがメモ書きされた時の背景がもろに反映されてもいるからだ。

彼Xがアインシュタインなら、味方の勢力とは反ナチスの一方の旗頭、いま彼の亡命を受け入れてくれているアメリカだ。それが勝利をおさめて敵の勢力＝独伊日のファシストを打ち負かすために、アインシュタインは敵より早く原爆開発に成功するよう、偉大な公式を時の大統領ルーズベルトに引き渡し、ヒロシマ・ナガサキへの原爆投下につながった。ブレヒトも、ナチス・ドイツを逃れて、北欧とソ連経由でアメリカにまで亡命地を替えた。「そのとき恐ろしいことが起こる」とは、ヒロシマ・ナガサキへの原爆投下に加えて、「自由と民主主義の国」のはずのアメリカに四〇年代からすでに公然化し始めていた、マッカーシズムの「赤狩り」だっただろう。チャップリンやアインシュタインも、喚問された。

ブレヒトも四七年十一月に非米活動査問委員会に喚問され、『ガリレオ』のニューヨーク公演も待たずに同月にアメリカを去ることになった。そういう中でアインシュタインは原爆実験を繰り返すアメリカへの批判を強めていき、バートランド・ラッセルやH・G・ウェルズ等と原子力の政治的利用に反対する運動を始めようとしていた矢先の一九五五年四月に死去。

ちなみに自然科学者にとっての「ヒポクラテスの誓い」とも言うべき「ラッセル・アインシュタイン宣言」が、湯川秀樹など十一名の科学者の署名で発表されたのは、一九五五年七月九日だった。そこにはこう謳われていた。「およそ将来の世界戦争においてはかならず核兵器が使用されるであろうし、そしてそのような兵器が人類の存続をおびやかしているという事実からみて、私たちは世界の諸政府に、彼らの目的が世界戦争によっては促進されないことを自覚し、このことを公然とみとめるように勧告する。したがってまた、私たちは彼らに、彼らのあいだのあらゆる紛争問題の解決のための平和的な手段を見出すように勧告する」(「ラッセル・アインシュタイン宣言」)

この時代はまさに戦後の東西冷戦構造の確立に向けて双方が鎬《しのぎ》を削っていた時だったのだ。「敵味方の二つの勢力の顔は似ていた。しかもその勢力は彼が役に立つ限りは味方とみなして、同志としてもてなすのだ」――つまりアメリカもファシストの側に立った。ファシズムに敵対する勢力として、その二つの勢力の外部と内部に第三の勢力(コミュニズム)が存在しているとは、反ファシズムのもう一方の旗頭は、冷戦化の中でソ連を中心とする東側陣営となった、という判断だろうか。ひとまずスイスに落ち着いたブレヒトは、東西ドイツの分断化の行く末を眺めながら、西側からは入国拒否され、一九四八年十月に東ドイツに帰還した。仮説／推測と現実もきわどく表裏一体で接していた。

〈コミュニズム〉は反ファシズムを大義に、戦後は東欧諸国ブロックを形成していく。ヒロシマ・ナガサキは人類頭上への原爆実験であるとともに、東側ブロックへの威嚇でもあった。東西冷戦の時代は始まっていた。一九四九年、東西ドイツが成立し、続いて中華人民共和国が成立。この年にソ連も核実験に成功し核保有国となった。一九五〇年には、平和擁護世界大会委員会が核兵器の禁止を要求する「ストックホルム・アピール」を発表。六月に朝鮮戦争勃発。こうした中で一九四九年に北大西洋条約機構NATOが、五五年にはワルシャワ条約機構が成立し、東西対決構造ができあがった。すでに四七年にアメリカ大統領トルーマンは議会で原子力の平和利用の演説を行っているが、東西の核開発競争も激化。五二年にはアメリカは水爆開発を指令してマーシャル諸島で水爆実験に成功。五三年にソ連も水爆実験に成功。原水爆開発をめぐってローゼンバーグ事件やオッペンハイマー事件が起こり、アメリカでマッカーシズムによる「赤狩り」が強まったのもこの頃だ。五三年、スターリン死去。五四年にアメリカが南太平洋ビキニ環礁で水爆実験、日本のマグロ漁船第五福竜丸が被爆。乗組員二十三人が重い原爆症にかかり、久保山愛吉が死亡するという事件が起こった。ヒロシマ・ナガサキの被爆国・日本で原水爆禁止運動が大衆的に展開する契機ともなった。

要するにブレヒトは、こうした時代情勢のなか、十数年の亡命から一九四八年に東ドイツに帰り、劇団ベルリーナー・アンサンブルを設立し、演劇活動を再開して、『ガリレオの生涯』を舞台化し、『アインシュタインの生涯』を書こうとしていたのだ。そのときにどういう形で、ガリレオに対するヴァチカン勢力のような、アインシュタインにとっての勢力関係を読み取って、彼をどういう位置に立たせて、裁くのか。東西が文字通り火花を散らして抗争していた時代、どちらの側に立つかが問われてもいた時代だ。覚え書きの断片では、労働者の合唱団がとりあえずの裁き手にはなっていたが……。「そして（彼にも定義できず、ぼんやり判然とはしないのだが）その二つの勢力の外部と内部に第三の勢力（コミュニズム）が存在している」――この覚え書きには、ブレヒトの当時の探りの迷いとつおいつの煩悶も読み取れようか。ブレヒトは、たとえ仮説であれ、そこをも読もうとしていた。かつての『第三帝国の恐怖と悲惨』執筆の時のように情報・情勢を探りつつ、研究しつつ……だがどういう『アインシュタインの生涯』になっていたのだろうか、興味深いところだが、ともあれ、しかしこれらはすべて、残念ながら私的な覚え書きで終わっている。

6. ヒロシマ1945・8・6―ブレヒト逝去1956・8・14 ――チェルノブイリ1986・4・26――フクシマ2011・3・11

①分水嶺としてのブレヒトの逝去の年一九五六年

ブレヒト逝去の一九五六年は分水嶺のように、フルシチョフによるスターリン批判とハンガリー動乱、さらには中ソ対立・論争が始まった年で、その後はさらに、ソ連の緊張緩和政策に、中国の文化大革命、そして核時代の戦争と平和をめぐっても時代は混沌としていく。ラッセル・アインシュタイン宣言の危惧は、まさに現実であった。ケネディ大統領さえも「人類は戦争に終止符を打たなくてはならない。さもなければ戦争が人類に終止符を打つ」と言ったという。その後に植民地解放運動の進展やベトナム反戦運動や一九六八年の学生反乱をめぐる世界的な動きがあり、環境問題も浮上してくる。平和運動が反核運動と表裏一体化せざるを得ない中で、一九七三年のオイルショック以降は「原子力エネルギーの平和利用」という名目で原子力発電の産業界への編入が図られ、資本主義の新自由主義（ネオリベラリズム）化と一体化していく。八一年に日本の文学者たちは反核の声明を発表した。それに対して、吉本隆明は「反核運動はソ連を利する」と反論しつつ、「いったん発明しちゃった技術をなかったことにはできない」と述べる。たしかに、科学を進めて起こってくる問題には、さらに科学を進めることで克服していくしかないのか、克服していけるのか……？

②チェルノブイリ原発事故とフクシマ原発事故

資本にも放射能にも国境はない。〈一九六八年〉とオイルショックをはさんで、おそらくはその頃から、原発などのエネルギー競争と資本競争が激化する中で、それに敗れて一九八九／九一年には東欧社会主義体制とソ連邦が崩壊した。ブレヒトは無論、与り知らぬことながら、いわば第三の勢力も、瓦壊し自滅した。ソ連邦崩壊のひとつの要因になったとも言われるチェルノブイリ原発事故は今から二十六年前。三〇km以内は強制疎開で、現在も立ち入り禁止。三五〇㎞の範囲でも農業や畜産が禁止されている高濃度汚染地域は約百カ所あり、被曝による癌死亡者数は九千人に上ると推計されている。崩壊した原子炉と建屋を囲いこむ石棺の建設が行われたが、六十万〜八十万人と言われるその作業員の健康状態と、政体が変わったがための責任問題の所在の曖昧化も懸念される。

同じレベル7（それ以上という説もある）とされたフクシマの原発事故は、二年近くたった今もその実態と影響範囲はいまだ定かには把握され切れていない。そもそも地震列島の日本の沿岸に五十四基もの原子力発電所をつくったこと自体無謀だろう。フクシマの原発事故で漏れた放射線量はヒロシマの数十倍ともいうが、被災地のできる限り迅速な復興とともに、地球の未来のために、事の真相はすべて明らかにされるべきだろう。人類共有の課題なのだから。

果たして今は、どういう勢力があい競って存在しているのだろうか。いずこも同じ、「サミット」という名の新自由主義の資本競争なのだろうか。しかしてなお、世界の戦争・内戦状態と原水爆の危機と原発開発競争は続いている。原子力（原水爆と原発）を地上で作ってしまった以上は、人類としてその責任はとらなければならない。世界で二〇一〇年現在すでに四百三十一基あるという原子炉も（ＩＡＥＡ資料）、廃炉にしようにも、使用済み核燃料の処理においても、被曝者の実態さえも、問題は何ひとつ解決されておらず、そもそも人類が科学と実践の力でその何をどこまでどう解決していけるのかすら、まだ見えていないのだというが、投げ捨てるわけにはいかない課題だ。アメリカのオバマ大統領は「核なき世界」と「クリーンエネルギー革命」の理念を掲げ、ドイツは二〇二〇年までに、日本政府も「二〇三〇年代には原発ゼロ」を打ち出した。人類の英知を結集して考えなければならないところに、また人類は立ち到っている。

未完のアインシュタイン問題は、とりあえずまた、近代（科学）の原点であるガリレオ問題にまで遡って、まずは考え直さなければならない、ということなのだろうか。思えば、同年生まれのシェイクスピアとガリレオの時代は、資本主義と個人主義と民主主義の「近代」の揺籃《ようらん》期でもあった。科学と文化が人類の生活と時代の進歩に役立つことが信じられる時代の始まりだったし、二〇世紀初頭もそうなるはずだった。しかし果たしてどんな「新時代の始まり」だったのか？　「矛盾こそ希望」なのか？

要は、いかにして希望が見えるように矛盾を把握できるようにするか、だろうか？

そういうことを共同思考できるために、ラジオや映像や演劇というメディアが果たし得る、果たすべき役割というものも、ブレヒトは試し、その可能性を後世の我々にも託そうとしたのではないか。この作品とテーマの日本の演劇への反映は、「訳者あとがき」の方を参照されたい。原発のみならず、資本／戦争も、東西冷戦が終焉したはずのいまもなお、人類が解決・制御し得ていない課題であり続けている。たとえばリーマン・ショックはどう描き得るのか。劇団「燐光群」は二〇一〇年五月に坂手洋二演出で、デヴィッド・ヘアー作『ザ・パワー・オブ・イエス』を上演して評判を呼んだ。「金融危機はなぜ起きたか」をテーマにした、英米の金融関係者が実名で登場するドキュメント演劇だ。そういえば二〇〇六年のロンドンでのブレヒト没後五十年祭に、ロンドン国立劇場でデヴィッド・ヘアーが『ガリレオの生涯』を現代に重ねて改作演出した舞台も思い起こされる。放射能も資本もともに姿が見えず、国境など存在しないグローバルな（？）存在で、資本―戦争―原子力―政治も連動しているのでは？　そういう直観と問題提起を「研究・考察する人」ブレヒトは、一九三八／三九年という時代にナチスに追われながらの亡命先で、『ガリレオの生涯』と『母アンナの子連れ従軍記』、『アルトゥロ・ウイの抑えることもできた興隆』という演劇作品に結実させたのではなかったか。ただし歴史的・地理的に距離化しつつ、ケース・スタディとして。曰く、「燃えている家の持ち主とは話はできないが、消防隊長となら話ができる」――それが利害を超えた真相／深層を見通すための異化のまなざしなのだろう。

二一世紀の今こそ問われているのが、資本や戦争、国家の論理に対決できる、英知を集めた文化の論理と力、方法ではないのか。それは公論形成の民主主義の問題ともかかわってくる。ネグリ&ハート流にいえば、「帝国」vs.「マルチチュード」か？ネグリ&ハートは、「権力」が網の目状にグローバル化した今の世界の秩序と主権を〈帝国〉と名付けて分析し、その〈帝国〉に対抗し得る新しい民主主義の主体をスピノザから援用して「マルチチュード」（多様な個の群れ）と名付けた。『マルチチュード――〈帝国〉時代の戦争と民主主義』（アントニオ・ネグリ／マイケル・ハート著、市田良彦監修、NHK出版、二〇〇五年）の中で言及されている「長い道のり」で〈共〉をパスワードにするというグローバル・アパルトヘイトの中での「絶対的民主主義」は、しかし果たしてどうすれば可能なのだろう。ブレヒトが願った、英知を集めて、万機公論に決することは、如何にすれば可能なのか。

③天動説から地動説へ、さらには宇宙説へ

いまや蛇足ながら補足すれば、一九七九年ヴァチカンで催されたアインシュタイン生誕百年の記念式典で、ローマ法王ヨハネ・パウロ二世はガリレオ裁判の見直しを命じ、その調査委員会がついに一九九二年、正式にガリレオの名誉回復を決定した。人類が月を歩き宇宙に飛ぶようになってやっと、「$E=mc^2$」を契機に「地動説」が法王庁でも承認されたという……、このスケールの大きなお話には、そんな落ちまでついている。

「汝、殺すなかれ」の倫理《エチカ》と、人類が住み得る地球を守るエコロジーの思想と実践は、どういう勢力であろうがなかろうが、資本が要求しようがしまいが、人類として死守すべき務め、最低線ではないのだろうか。もはや問題は各国競争や東西冷戦のレベルなどではなく、地球規模、グローバル、宇宙規模だ。地球に宇宙圏や太陽圏のエネルギー原理を持ち込んだのが原子力エネルギーなら、高放射能の使用済み燃料の放射線量が高すぎて地球上では処理不能で、すべてをロケットに載せて太陽に向けて発射し

たらどうかという話もある。宇宙飛行士の若田光一によると、数十億年先には太陽系が滅び、地球に住めなくなる時さえ来るらしい。有人宇宙飛行の究極の目的は、「人類が〈種〉として存続するための危機管理だ」とか。すでに科学技術は哲学倫理の問題と不可分だ。世界という地球惑星は、これまでの思考の物差しを根本から変えた、究極的な協調・協力を求められている、ということだろうか。

＊　＊　＊　＊

『ガリレオの生涯』と『アインシュタインの生涯』……両者は文字通り通底しあう、ブレヒト最期の仕事・遺言であった。この課題は、未完・未決のまま我々に仮託されている、ということでもあるのだろう。時代とともに生き、演劇というメディウムで時代を読み、時代と格闘したブレヒトの生と仕事がそこに、集約・体現されてもいる。ブレヒトの最期の疑問／矛盾／希望と焦りは、いまなお現在形で続いているのだ。そして、その象徴が『ガリレオの生涯』だったし、それは、『アインシュタインの生涯』であり、『ブレヒトの生涯』でもあった。

ブレヒト年譜

一八九八年
二月一〇日、南ドイツのアウグスブルクで製紙工場支配人の長男として誕生。

一九〇八年　一〇歳
レアール・ギムナジウムに入学。
（一九一四年七月、第一次世界大戦勃発）

一九一七年　一九歳
ミュンヘン大学哲学部入学、のちに医学部に転部。
（一〇月、ロシア革命。一一月、ソビエト政権樹立）

一九一八年　二〇歳
召集されてアウグスブルク陸軍病院に衛生兵として勤務。
詩『死んだ兵士の言い伝え』が生まれる。
処女戯曲『バール』完成。
（一一月、皇帝ヴィルヘルム二世が亡命し、第一次世界大戦終結。ベルリンでスパルタクス団が蜂起し、ドイツ革命が起こる）

一九一九年　二一歳
戯曲『夜打つ太鼓』執筆。

同棲中のパウラ・バンホルツァーが男児フランクを出産。
（七月、ドイツ国民議会が憲法を採択し、ヴイマル共和国誕生）

一九二〇年　二二歳
母死去。

一九二二年　二四歳
『夜打つ太鼓』ミュンヘンでの初演成功により、クライスト賞を受賞。
ミュンヘン小劇場の文芸部員になる。
歌手マリアンネ・ツォフと結婚。

一九二三年　二五歳
娘ハンナ誕生。
ミュンヘンで『都会のジャングル』初演、ライプチヒで『バール』初演。
ベルリンで女優ヘレーネ・ヴァイゲルと出会う。

一九二四年　二六歳
マーロウの改作『エドワードⅡ世の生涯』の初演。
ドイツ座の文芸部員になったため、ベルリンに移住する。
エリーザベト・ハウプトマンと親密になる。ヘレーネ・ヴァイゲルが男児シュテファンを出産。

一九二六年　二八歳
『男は男だ』初演。

一九二七年　二九歳
詩集『家庭用説教集』出版。
ピスカートアの政治劇場に協力。
新聞紙上に「叙事的演劇の困難」発表。
マリアンネ・ツォフと離婚。

一九二八年　三〇歳
エリーザベト・ハウプトマンと共に『ジョン・ゲイ』を改作した『三文オペラ』がベルリンで初演され大成功。

一九二九年　三一歳
ヴァイゲルと結婚。
一連の「教育劇」の試みを始める。
『屠場の聖ヨハンナ』執筆。
思想家ベンヤミンと知り合う。
教育劇『リンドバークの飛行』執筆。
（一〇月、世界経済恐慌起こる）

一九三〇年　三二歳
ライプチヒでオペラ『マハゴニー市の興亡』初演。『処置』を労働者グループと共同で上演。
『三文オペラ』の映画化を巡り「三文訴訟」事件。
娘バルバラ誕生。

一九三一年　三三歳
ドゥードフ監督の映画『三文オペラ』完成。
マルガレーテ・シュテフィンと知り合う。
『ハムレット』をラジオ台本に改作。

一九三二年　三四歳
映画『クーレ・ヴァンペ』完成。
ソビエトへ旅行。
『母』が上演禁止になる。

一九三三年　三五歳
『処置』上演禁止。
『丸頭ととんがり頭』完成。
国会議事堂放火事件の翌日にプラハ、

ウィーン経由でデンマークへ亡命。
（二月、ヒトラーが政権掌握）
バレエ『小市民の七つの大罪』上演のためパリへ。
デンマークのスヴェンボルに移住。女優ルート・ベルラウがブレヒト一家を訪問。

一九三四年　三六歳
マルガレーテ・シュテフィンをデンマークに呼ぶ。
アムステルダムで小説『三文小説』出版。

一九三五年　三七歳
モスクワへ旅行。ナチスによりドイツ市民権を剝奪される。
ルート・ベルラウとパリの文化擁護国際作家会議に出席。
『母』上演のためアメリカへ。

一九三六年　三八歳
アメリカから帰国。ロンドンの文化擁護国際作家会議に出席。
コペンハーゲンで『丸頭ととんがり頭』初演。
（七月、スペイン内乱が勃発。八月、ベルリン・オリンピック）

一九三七年　三九歳
ルート・ベルラウとパリで行われた文化擁護国際作家会議に参加。
『第三帝国の恐怖と悲惨』執筆開始。
『第三帝国の恐怖と悲惨』と『カラールのおかみさんの銃』がパリで上演。
（一一月、日独伊防共協定成立）

一九三八年　　四〇歳
『作業日誌』をつけ始める。
マルガレーテ・シュテフィンと『ガリレオの生涯』執筆。
（三月、ドイツがオーストリアを併合）

一九三九年　　四一歳
スウェーデンのリンディゲー島へ亡命。
『母アンナの子連れ従軍記』完成。
（八月、独ソ不可侵条約締結。九月、第二次世界大戦勃発）

一九四〇年　　四二歳
ルート・ベルラウやマルガレーテ・シュテフィンと『セチュアンの善人』執筆。

フィンランドのヘルシンキに移り、夏を作家ヘッラ・ヴォリヨキの領地で過ごす。ルート・ベルラウが家族を捨ててやってくる。

九月、スペイン国境でベンヤミン自殺。

『地主プンティラと下男マッティ』と『亡命者の対話』執筆。

（四月、ドイツ軍がデンマークやノルウェーに侵入。六月、ドイツ軍がパリ占領）

一九四一年　　四三歳
『アルトゥロ・ウイの抑えることもできた興隆』執筆。
アメリカのビザが下り、モスクワ経由でアメリカへ亡命。
四月、『母アンナの子連れ従軍記』がチューリヒで初演。
六月、モスクワでマルガレーテ・シュ

テフィン病死。

七月、サンペドロに到着、ハリウッド郊外のサンタモニカに住む。

（六月、独ソ戦開始）

一九四二年　四四歳
フリッツ・ラング監督の映画『刑吏もまた死す』のシナリオ執筆、翌年公開。

一九四三年　四五歳
『第二次世界大戦中のシュベイク』完成。

ニューヨーク旅行。

ドイツ亡命者の委員会設立を巡って、トーマス・マンと不和になる。

（九月、イタリア無条件降伏）

一九四四年　四六歳
ルート・ベルラウと『コーカサスの白墨の輪』執筆開始。

亡命知識人団体「民主ドイツ委員会」設立。

（六月、連合国軍がノルマンディ上陸）

一九四五年　四七歳
『第三帝国の恐怖と悲惨』ニューヨークで上演。

（二月、ヤルタ会議。四月、ヒトラーの自殺。五月、ドイツ無条件降。八月、広島・長崎に原爆投下。日本の降伏により第二次世界大戦終結）

一九四七年　四九歳
英語版『ガリレオ』を俳優チャールズ・ロートンと改作し、ビバリーヒルズで上演。

一一月、非米活動査問委員会の審問を受けた後、スイスのチューリヒに脱出。

『ガリレオ』ニューヨークで上演。
一九四八年　五〇歳
ソポクレスの『アンティゴネ』を改作してヘレーネ・ヴァイゲル主演でスイスのクール市立劇場で上演。
西ドイツが入国拒否、一〇月にプラハ経由で東ベルリンに到着。
一九四九年　五一歳
ドイツ座で『母アンナの子連れ従軍記』を上演して大成功。
ヘレーネ・ヴァイゲル主宰で劇団ベルリーナー・アンサンブル結成。
一一月、『地主プンティラと下男マッティ』が初演。
（五月、ドイツ連邦共和国＝西ドイツ、一〇月、ドイツ民主共和国＝東ドイツが成立）
一九五〇年　五二歳
芸術アカデミー会員になる。
レンツの『家庭教師』改作を上演。
（二月、アメリカでマッカーシー旋風。一二月、ドイツ再軍備決定）
一九五一年　五三歳
『母』、ゲアハルト・ハウプトマンの二部作を改作した『ビーバーの外套』と『放火』など上演。
一九五二年　五四歳
ゲーテの『ウルファウスト』を改作して上演。
ベルリン郊外ブコウに別荘を持つ。
一九五三年　五五歳
東西ベルリンのペンクラブの会長に選

ばれる。

一九五四年　五六歳
パリの国際演劇祭で『母アンナの子連れ従軍記』が最優秀上演と最優秀演出に選ばれる。
スターリン国際平和賞受賞。

一九五五年　五七歳
パリの国際演劇祭で『コーカサスの白墨の輪』が第二位を受賞。
詩集『ブコウの悲歌』刊行。
『ガリレオの生涯』の稽古開始。

一九五六年　五八歳
大学病院に入院。西ドイツ議会に再軍備反対の抗議文を書く。
八月一四日、心筋梗塞のため死去。

訳者あとがき

一九九八年はブレヒト生誕百年だった。旧東ドイツの人であったにもかかわらず、ヘルツォーク大統領の感銘深い演説の祝辞も含めて、ドイツでの国を挙げてという祝われ方は、ブレヒトとはそもそも何者だったのだろうかと私もあらためて思ったほどだった。それほど広く深くブレヒトは、ドイツと現代の問題に根をおろしていた、ということなのだろう。

日本でも時を重ねて同じ頃、ブレヒト受容を問い直す機運が生まれた。たとえば世田谷パブリックシアターの機関誌「PT　パブリックシアター」第六号（一九九九年一月発行）は、「ブレヒトの新時代」という特集を組んだ。いくつか注目すべきブレヒトの上演も重なったが、そのひとつが、一九九九年三月六日〜二十二日に世田谷パブリックシアターで上演された松本修演出、柄本明主演の『ガリレオの生涯』だった。そのときに依頼された翻訳上演台本が、本書のもとになっている。すでに千田是也訳や岩淵達治訳の両御大のすぐれた仕事がありながら、上演台本をあえてお引き受けしたのは、若い世代に新しい訳と演出でブレヒトがさらに引き継がれてほしい、「ブレヒトの新時代を！」という思いからであった。そして今回、光文社のこの文庫に収められたのは、やはり、「フクシマ二〇一一・三・一一」との関連でこの作品が持つアクチュアリティのゆえである。『アインシュタインの生涯』遺稿断片も加えた「ガリレオ／ブレヒト／アインシュタイン」の解説も、その思いで書いた。

つまり日本での『ガリレオの生涯』は、日本の戦後演劇史の中のブレヒト受容とともに、もうひとつ原子力問題のテーマ性においても、語られなければなるまい。

①日本のブレヒト受容――概観

日本において、ブレヒト受容の果たした歴史と役割は、表層に現れた以上に長くて大きいのだが、ここでごく簡単にざっくり振り返っておこう。戦前も戦後も、すでにヨーロッパとほぼ同時期に始まっていたが、ことに戦後の一九五〇年代と六〇年代からは、千田是也と岩淵達治を中心に、ブレヒトの戯曲や演劇論も多数翻訳・紹介され、『肝っ玉おっ母とその子どもたち』や『ガリレオの生涯』などの作品もすでに五〇年代に上演された。当時はブレヒトの作品はプロの劇団だけではなく、アマチュア劇団でも頻繁に演じられ、のみならず、ウェスカー、ピンター、デュレンマット、フリッシュ、ヴァイスなど他の多くの海外戯曲も邦訳・上演され、この時代は、戦後新劇の最盛期だっただろう。なかでもブレヒトは、多くの人々にとって演劇のモデルであっただけでなく、思想的・政治的な意味でも象徴的な存在であった。その演劇論は、日本の新しい劇作家にも深い影響を及ぼした。その「アンチ・ヒーロー」、芸術的また人為的な日常の異化、最初も最後もない叙事的演劇の自由な構成、そして「民衆的」であるとはどういうことかという問いかけなど。これらの特徴は、福田善之、安部公房、井上ひさし、佐藤信《まこと》、別役実等々の作品にもみられる。新劇の伝統的な手法に従っていた多くの日本の劇作家が、劇作法、演劇の体系、様式、そしてテーマにおいて、ブレヒトの影響を受けた。故井上ひさし(一九三四〜二〇一〇)は、自らの演劇論の研究のために、一九六五年頃から徹底的にブレヒト作品を読み始めていたと公言している。日本の演劇人にとってブレヒトは、演出や劇作法の学び直しの過程としても、大きな触媒もしくは革新であった。

だが六〇年代後半に登場したアングラ演劇世代は、西欧演劇受容が主流の新劇に意識的に異を唱え、日本語の自前のオリジナル作品を上演して、それをもってテントや地方公演の形で日本全国に巡演し、さらにはドイツのエクスペリメンタやフランスのアヴィニヨンなどの海外の演劇祭にまで雄飛していった。日本の現代演劇が自律して、欧米の演劇と肩を並べるようになっていく分水嶺だったと言えようか。

その後、小劇場世代と呼ばれる多くの小さな劇団によって、新しい演劇のモードが同時多発的に起こり、彼らにとっては、日本のアングラ演劇世代のほうが偉大な手本となった、もはや西欧演劇をまね・学ぶ時期は終わったかのように。海外の演劇・戯曲に対して関心が薄くなっていった、というより、同じ演劇という地平でブレヒトも含めて、日本演劇が海外の演劇と対等に対峙するようになっていったという事実と自負でもあったのだろう。

そういうなかで、一九九八／九九年の世紀転換期のブレヒトの生誕百年と没後五十年をきっかけに、中堅や若い演劇人世代の中からも、ブレヒトの作品や思想を新たに読みなおし、新しい視点から上演しようという機運が生まれてきた。新国立劇場での栗山民也演出＋大竹しのぶ主演の『母・肝っ玉とその子供たち』の舞台や、串田和美演出＋松たかこ主演の『セツアンの善人』や『コーカサスの白墨の輪』も、その流れの中でとらえられよう。松本修もこういった中堅の小劇場世代に属し、『ガリレオの生涯』の舞台も、同じ機運のなかにあった。もうひとつ付言しておくなら、一九九九年に、劇作家の斎藤憐、演出家の佐藤信による『ブレヒト・オペラ』が新国立劇場で上演され、日本全国を巡回した。村井國夫と鳳蘭がブレヒト夫妻を演じ、ブレヒトの実在の友人や女性たちが登場人物になって、スヴェンボルでのブレヒトの亡命期を中心に、それまでとそれからのブレヒトの人生がさまざまな段階や視点で表現される。馴染みのブレヒト作品やソングや台詞もちりばめられたこのオペラは、日本でもブレヒトがいかに深く根付いているかを示す好例で、日本発・初オリジナルの『ブレヒト・オペラ』だった。ブレヒトは日本においても、とっくに古典になっていたのだ。

②松本修演出、『ガリレオの生涯』一九九九年

松本修は一九五五年生まれで、世代論的に言うと典型的な小劇場世代、といえようか。学生時代に東北で黒テントや夜行館などのアングラ演劇を観て演劇を志し、七九年に文学座附属演劇研究所に入所し、八八年までは俳優として在籍していたが、八九年に企画ごとにスタッフやキャストを募る演劇プロデュース集団MODEを設立。

チェーホフやベケット、ワイルダーなどの海外戯曲を独自のワークショップで再読・再構成して演出する手法で、独自のスタイルや地平を切り拓き、ユニークな存在の演出家となった。だが、ブレヒトを手掛けるのはこの『ガリレオの生涯』が初めてだったという。翻訳を依頼された私としては、たとえばチェーホフの戯曲『三人姉妹』を大胆に現代にパラフレーズさせた旗揚げ公演の『逃げ去る恋』など、その作品を舞台に乗せる際の改作作業とか、役との距離の測り方などに、ブレヒトの眼差しと重なるものがあると思ってきたので、ブレヒトは初めてということの方がむしろ意外だったのだが、松本自身も、実践としては自分のやり方がブレヒトの方法にすごく近いことをあらためて発見して、驚いたのだという。

劇団制をとらない企画ごとの演劇プロデュース集団というあり方とともに、従来の新劇型の「役になり切る」ために本読みを経て場面ごとの稽古を重ねる形でなく、ワークショップ形式で舞台を創っていくやり方も、彼の演劇手法の特徴だろう。ワークショップは、俳優が役との距離や自分との関係を測り、作品上演と自分との関係をさまざまな角度から探る試み、と言えようか。この「オーディション＋ワークショップ」という手法が存分に活かされたのが、その後の二一世紀に入ってからの松本のカフカの小説を舞台化した一連の作業で、『失踪者（アメリカ）』、『城』、『審判』などは高い評価を得て、数々の演劇賞も受賞した。

むしろ松本の場合は、自身が演劇実践の中で探り積み重ねてきたことをブレヒトの中に見出して再確認したというべきか。柄本明のガリレオも、「これが柄本の演じるガリレオです」といった感じで、一七世紀のイタリアのガリレオとその同時代人たちが、いま現代の日本にどう見えるかの距離をしっかり測りつつ、気負いなく観客に手渡していく。ブレヒトと松本が、ガリレオと柄本が当たり前のように、対等に向かい合って、台本のテクストをはさんで演じ遊びあって（＝プレイして）いる。ブレヒトとロートンの共同作業が思い起こされたりした。

世田谷パブリックシアターは、たっぱ（天井）の高い、大きな球形の劇場で、『ガリレオの生涯』の装置を担当した松井るみは、そこの客席にまで開帳場を大きく張り出して、全体が地球か天球の中にいるように思わせるシンプルな舞台を創った。各景冒頭のスローガンは、歌・ソングではなく、少年少女たちの群読の素朴な語りによって、舞台をリズミカルにテンポよく進行させる役割を担う。全体はブレヒトの原作に少しずつ随所で短くカットする刈り込みは入ったが、大幅な省略や短縮化はなされず、ほぼそのまま。しかも合い間に、カーニヴァルの場面で、俳優たちによるオリジナルな「ブレヒトさんのお話」という即興道化的な幕間劇が日替わりドラマのごとく入った。着替えや舞台転換のための時間が必要となった窮余の策だったらしいが、それが舞台を広がりのあるものにした。

皆が地球儀・天球儀の中で民衆や子供たちになって楽しく、余裕をもってゆったり遊びまわるような舞台だった。演劇の場での新しいブレヒト受容の流れと言えようか。松本修自身にとってもこの「ガリレオ体験」は、その後の演劇作品のさらなる展開への契機となっていったという。

③日本での『ガリレオの生涯』

ところで、『ガリレオの生涯』の日本初演は一九五八年で、新劇合同での青年劇場運動の公演、千田是也訳、千田是也・下村正夫共同演出だった。これは戦後日本のブレヒト受容のきわめて早い時期の上演で、私はこの舞台は観ていないのだが、まだその頃は千田是也自身が「ブレヒト研究」の途上で、五三年の『第三帝国の恐怖と貧困』の俳優座養成所卒業公演や新劇合同公演と同様、俳優座での本格上演前の小手調べのような感じだったようにも思えるが、それでもいろんな意味で、影響と余波は大きかった。

まずは五四年頃から、俳優座養成所（一九四九～六七）の出身者たちを中心に、新人会、仲間、三期会、青年座といったいわゆる俳優座系のスタジオ劇団が多数結成されていって、これらの若い世代は最初から違和感なくブレヒトを演劇活動の中に取り込んでいった。なかでも早くからブレヒトを活動の柱とした劇団が、俳優座養成所三期生が中心となってつくった三期会で、後に一九七七年に旧映画スタジオを改築し「ブレヒトの芝居小屋」と名付けて新スタートした東京演劇アンサンブルだろう。演目としてブレヒトを中心に置いただけでなく、劇団主宰者の広渡常敏は、演出家として、かつ劇作家・脚本家としてもブレヒトの手法を取り入れ、たとえば宮沢賢治の劇化『グスコーブドリの伝記』や『銀河鉄道の夜』、『風の又三郎』でも、あるいは久保栄の戯曲『日本の気象』や『林檎園日記』演出などでも、「科学と現代」のテーマを追求。『ガリレオの生涯』も広渡常敏演出＋岡島茂夫装置で、一九七〇、七七、八六、九九、〇六年と一貫して再演・改演を重ねていて、芝居小屋の劇場空間に十字架型の舞台を組んで、舞台奥で少年たちが林光作曲のソングを合唱する練り上げられた舞台は、劇団の代表作となる。二〇〇六年にはベルリーナー・アンサンブルでのブレヒト没後五十年祭に、日本の劇団としては初めての客演を実現させた。たまたま私も訪独中で裏方の通訳などを手伝ったのだが、若い公家義徳の清新なガリレオ役とテンポのいいすっきりした舞台は好評だった。

④青年劇場の『臨界幻想』

さて、『ガリレオの生涯』を日本初演した青年劇場が、一九八一年に同じ千田是也演出で公演したのが、ふじたあさや作『臨界幻想』だった。劇団青年劇場から新作を打診されたふじたあさや氏が、スリーマイル島での原発事故があったばかりの頃に、「日本ではどうなのか、調べてみたい」と取材し、資料の裏付けを重ねながら、書き上げた。時宜を得た千田演出でのその舞台は注目され、全国二十四カ所の原発所在地や誘致予定地で、さまざまな妨害を受けながら、上演されたらしい。

原発で働く息子の死因を母親が探っていくという筋立てのこのときの初演の舞台を私も観たのだが、現場取材したという現実に「嘘でしょ！」と震撼しつつ、思えば私もその頃まだ他人事《ひとごと》で、「対岸の火事」でしかなかったのかもしれない。まだ怖さと畏れを知らなかった。

その後の一九八六年チェルノブイリ事故。そして二〇一一年のフクシマ原発事故。ふじたあさや氏も、「三十年前の予言的中」などと言われながら、この間、数々の事実が闇に葬られてきて、こういう事故は想定外だったとされるなか、かつ各地から上演依頼が来て、海外からも注目されて、口惜しい思いで作られたのが、『臨界幻想二〇一一』。基本的には初演版を直す必要がないことがむしろ悔しかったと、上演パンフレットに「口惜しさを共有して貫いたくて」と題した文で書かれている。いくつか明らかになった新事実を加えつつも、その初演版のすべてが、東日本大震災の地震・津波・フクシマ原発事故の惨状の映像を示すプロローグと、最終景で新聞記者が電話でフクシマ原発事故の原稿を送るなか、再び冒頭の廃虚に戻るエピローグにはさまれる構造で示される。この青年劇場公演二〇一二年五月のふじたあさや作・演出『臨界幻想二〇一二』の舞台は、日本やチェルノブイリの沈黙の死者たちへの思いと祈りが口惜しさと一体となった、文字通り、痛恨と鎮魂の舞台だった。

⑤F／Tでの『アトミック・サバイバー』

ちょうどそのふじたあさや作の両方の舞台にはさまれた合い間に上演されたのが、

東京国際芸術祭フェスティヴァル／トーキョー（F／T）での、二〇〇七年秋の阿部初美＋長島確作・構成・演出『アトミック・サバイバー』だった。それは、日本の原発とそれをとりまく人々、政治・経済などを現実に取材し、それらをもとに、チェーホフやブレヒトのテクストなどをちりばめつつ、歌や踊りも含めて構成された「ドキュメント演劇」である。F／Tの大きな劇場空間にしつらえられた原発を模した舞台を、観客が訪ねて、コンパニヨンによって事実やデータが淡々と当たり前のごとく説明される上演スタイルは、半ば喜劇仕立てながら、それゆえ逆に怖さが引き起こされる。二〇〇八年には日本全国四カ所でも再演された。そして「二〇一一・三・一一フクシマ」の後に、スイスはベルンで記録映像上映会が開催された。本当は演出の阿部初美が新演出に呼ばれたらしいが、諸般の事情でかなわず、記録映像上映会という形になったという。

すでに日本でこういう舞台もあったのに、何が「想定外」か、と思いもするが、むしろ黙認という形にしてしまった我々が、自身を責めるべきなのだろう。

〈原発・フクシマ〉は、海外でのほうが注目度が高いようだ。世界各地でシンポジウムや討論会が行われたが、たとえば二〇一二・三・一一を期してベルリン・ドイツ座で開催された催しが『立ち入り禁止区域・日本』――ドイツと日本の演劇人が協同して報告や討論、芝居や映像パフォーマンスなどを行う多彩なプロジェクトだったが、その題のつけられ方が、日本人として何とも口惜しいのは仕方ないのだろうか……。ドイツに比して、何も改善されないのに能天気に再稼働を許した我々日本人も問題だろうし、その意味で日本は地球環境汚染の加害者でもあるのだろうが、いまや原子力問題は、国や地域を問わず、地球規模で共有し解決されるべき、ゆゆしき問題なのだ。そうこうするうちに、地球が人類の住めない惑星になりかねないのだから。

⑥倉本聰作・演出『明日、悲別で』

直接・間接にフクシマを扱った舞台作品は他にもいろいろあったが、ここにもうひとつ付け加えるならば、二〇一二年夏の北海道はふらの演劇工房による、富良野在住の脚本家・劇作家・演出家である倉本聰作・演出『明日、悲別で』であろう。

架空の産炭地・悲別を舞台にしたテレビドラマ『昨日、悲別で』の放映が一九八四年。その閉山によって故郷を離れた若者たちの十年後を描いた舞台『今日、悲別で』

の初演が九〇年。国のエネルギー政策に翻弄される地域の苦しみを告発した作品として再演を重ねてきた『今日、悲別で』の大筋に、東日本大震災後の原発問題を加えた新作が『明日、悲別で』。現代を撃つ怒りのメッセージがさらに強まった。

昔の炭鉱員が坑道深くに「希望」を詰めたタイムカプセルを埋めたことを知った若者たちが、閉山を機に「二十年後の二〇一一年暮れに集まってカプセルを開けよう」と約束し、散り散りになる。約束の時が訪れた。石炭から石油、原子力へ――依存するエネルギーを替えながら豊かさを求め続ける社会に、悲別は押しつぶされる一方だ。原発作業で健康を害し「さすらいの原発労働者」となって絶望を叫ぶ若者。その彼をいさめ励まそうとするなかで、半ば事故で死に追いやってしまう友人。かつて閉山と闘った労組幹部は北海道議会議員となり、「享受してきたツケから皆が逃げるとはどういうことか」と廃坑に放射性廃棄物を埋めることを提案。カプセル探しに辛うじて集《つど》った幼なじみは、廃坑内で「人間本来が持つ力で、少しずつ道を開け」というメッセージを見つけるが、落盤事故が起こってしまう。真っ暗な中でキャップランプの明かりを頼りに展開する坑内描写と過去の霊たちによる身体表現は「電気のない闇を想起せよ」という主張とも重なり、迫力十分。そのいずれも、あの世とこの世をつなぐ人生の辛酸をなめた「語り部おばあ」の語りにはさまれる。善悪判断なしにそれぞれが悩む姿がリアルに描かれ、観客に判断を問おうとする。

この舞台は富良野演劇工場での初演の後、東北被災地で一カ月余のヴォランティア公演として上演された。

⑦ドキュメンタリー・フィクション『福島オデュッセイ』

もうひとつ、これはまだ進行中なのだが、『福島オデュッセイ』。鴻英良原案+芥正彦構成・演出によるドキュメンタリー・フィクションとして、「福島原発事故責任者告発裁判劇」の形での上演を二〇一三・三・一一を期して計画し、それにむけての「映像+連続討議パフォーマンス」が二〇一二年九月〜十月に始まった。この手のパフォーマンスやプロジェクトは、おそらく日本全国でいま無数に行われていて、今後も行われ続けていくだろうが。まずは『福島オデュッセイ』がどういう形の新しい試みになっていくのか、楽しみにしたい。「百家争鳴」と「万機公論に決すべし」の有効なメディウムとして、映像や演劇が自在に十全に機能していくことが、ブレヒトの思いでもあったのだから。

＊　　＊　　＊

あるいは世界レベルでも、この『ガリレオの生涯』をうけて、原子力問題や科学と政治のテーマを扱った芝居もいろいろに書かれ、上演されている。いくつかだけ挙げるならば、たとえばドイツ語圏戯曲では、六一年のスイスの劇作家F・デュレンマット作『物理学者たち』は、亡きブレヒトの問いかけに対するいち早い応答と言えるだろうし、日本でも何度も上演されている。六五年の西ドイツの劇作家ハイナー・キップハルト作『オッペンハイマー事件』は、調書に基づく記録演劇として評判を呼んだ。二〇〇〇年のトニー賞受賞作イギリスの劇作家マイケル・フレイン作『コペンハーゲン』は、一九四一年に行われたという設定の、ナチスとアメリカによる核兵器開発の危機を感じた二人の物理学者ニールス・ボーアとヴェルナー・ハイゼンベルクの対話劇で、二〇〇一年に新国立劇場で初演（鵜山仁演出）されている。さらにはロシアのジャーナリストのウラディミール・グバリェフの事故後のルポルタージュに基づく『石棺―チェルノブイリの黙示録』という最新作も、この二〇一二年秋に劇団昴によって（青井陽治演出）上演され、時宜を得てリアルな説得力があった。これらは地球共有の課題なのだから、演劇の場でも国境を越えてさまざまな試みやまなざしが、交差していくといい。

この新訳『ガリレオの生涯』も、『アインシュタインの生涯』遺稿断片を含めて、そういうなかでさまざまな形で活用していただけると、嬉しい。

最後になったが、前書『母アンナの子連れ従軍記』のときと同様、光文社翻訳編集部の中町俊伸氏は今回も、最初から最後まで、辛抱強く誠実にお付き合いくださった。心からの感謝を捧げたい。

二〇一二年秋

kobunsha classics
光文社古典新訳文庫

ガリレオの生涯《しょうがい》

著者　ブレヒト
訳者　谷川《たにかわ》 道子《みちこ》

2013年1月20日　初版第1刷発行
2025年7月30日　第3刷発行

発行者　三宅貴久
印刷　大日本印刷
製本　大日本印刷

発行所　株式会社光文社
〒112-8011東京都文京区音羽1-16-6
電話　03（5395）8162（編集部）
03（5395）8116（書籍販売部）
03（5395）8125（制作部）
www.kobunsha.com

KOBUNSHA

©Michiko Tanigawa 2013
落丁本・乱丁本は制作部へご連絡くだされば、お取り替えいたします。
ISBN978-4-334-75264-4 Printed in Japan

※本書の一切の無断転載及び複写複製（コピー）を禁止します。

本書の電子化は私的使用に限り、著作権法上認められています。ただし代行業者等の第三者による電子データ化及び電子書籍化は、いかなる場合も認められておりません。

組版　新藤慶昌堂

いま、息をしている言葉で、もういちど古典を

長い年月をかけて世界中で読み継がれてきたのが古典です。奥の深い味わいある作品ばかりがそろっており、この「古典の森」に分け入ることは人生のもっとも大きな喜びであることに異論のある人はいないはずです。しかしながら、こんなに豊饒で魅力に満ちた古典を、なぜわたしたちはこれほどまで疎んじてきたのでしょうか。

ひとつには古臭い教養主義からの逃走だったのかもしれません。真面目に文学や思想を論じることは、ある種の権威化であるという思いから、その呪縛から逃れるために、教養そのものを否定しすぎてしまったのではないでしょうか。

いま、時代は大きな転換期を迎えています。まれに見るスピードで歴史が動いていくのを多くの人々が実感していると思います。

こんな時わたしたちを支え、導いてくれるものが古典なのです。「いま、息をしている言葉で」——光文社の古典新訳文庫は、さまよえる現代人の心の奥底まで届くような言葉で、古典を現代に蘇らせることを意図して創刊されました。気取らず、自由に、心の赴くままに、気軽に手に取って楽しめる古典作品を、新訳という光のもとに読者に届けていくこと。それがこの文庫の使命だとわたしたちは考えています。

このシリーズについてのご意見、ご感想、ご要望をハガキ、手紙、メール等で翻訳編集部までお寄せください。今後の企画の参考にさせていただきます。
メール　info@kotensinyaku.jp

光文社古典新訳文庫　好評既刊

母アンナの子連れ従軍記
ブレヒト／谷川《たにがわ》道子《みちこ》●訳
父親の違う三人の子供を抱え、戦場でしたたかに生きていこうとする女商人アンナ。今風に言うならキャリアウーマンのシングル・マザー、しかも恋の鞘当てになるような女盛りだ。

三文オペラ
ブレヒト／谷川《たにがわ》道子《みちこ》●訳
貧民街のヒーロー、メッキースは街で偶然出会ったポリーを見初め、結婚式を挙げるが、彼女は、乞食の元締めの一人娘だった…。猥雑なエネルギーに満ちたブレヒトの代表作。

アンティゴネ
ブレヒト／谷川《たにがわ》道子《みちこ》●訳
戦場から逃亡し殺されたポリュネイケス。王は彼の屍を葬ることを禁じるが、アンティゴネはその禁を破り抵抗。詩人ヘルダーリン訳に基づきギリシア悲劇を改作したブレヒトの傑作。

ワーニャ伯父さん／三人姉妹
チェーホフ／浦《うら》雅春《まさはる》●訳
人生を棒に振った後悔の念にさいなまれる「ワーニャ伯父さん」。モスクワへの帰郷を夢見ながら、出口のない現実に追い込まれていく「三人姉妹」。人生の悲劇を描いた傑作戯曲。

桜の園／プロポーズ／熊
チェーホフ／浦《うら》雅春《まさはる》●訳
美しい桜の園に5年ぶりに当主ラネフスカヤ夫人が帰ってきた。彼女を喜び迎える屋敷の人々。しかし広大な領地は競売にかけられることに…（「桜の園」）。他ボードビル2篇収録。

シラノ・ド・ベルジュラック
ロスタン／渡辺《わたなべ》守章《もりあき》●訳
ガスコンの青年隊シラノは詩人にして心優しい剣士だが、生まれついての大鼻の持ち主。従妹のロクサーヌに密かに想いをよせるが…。最も人気の高いフランスの傑作戯曲！

光文社古典新訳文庫　好評既刊

アガタ／声

デュラス、コクトー／渡辺《わたなべ》守章《もりあき》◉訳

記憶から紡いだ言葉で兄妹が〝近親相姦〟を語る『アガタ』。不在の男を相手に、電話越しに女が別れ話を語る『声』。「語り」の濃密さが鮮烈な印象を与える対話劇と独白劇。

ロレンザッチョ

ミュッセ／渡辺《わたなべ》守章《もりあき》◉訳

メディチ家の暴君アレクサンドルとその腹心で主君の暗殺を企てるロレンゾ。二人の若者に交錯する権力とエロス。16世紀フィレンツェで実際に起きた暗殺事件を描くミュッセの代表作。

ピグマリオン

バーナード・ショー／小田島《おだしま》恒志《こうし》◉訳

訛りの強い娘イライザに、短期間で上流階級のお嬢様のような話し方を身につけさせようとする言語学者ヒギンズと盟友ピカリング大佐の試みは…。『マイ・フェア・レディ』の原作。

オイディプス王

ソポクレス／河合《かわい》祥一郎《しょういちろう》◉訳

先王ライオスを殺したのは誰か。事件の真相が明らかになるにつれ、みずからの出生の秘密を知ることになるオイディプスを、恐るべき運命が襲う。ギリシャ悲劇の最高傑作。

変身／掟の前で 他2編

カフカ／丘沢《おかざわ》静也《しずや》◉訳

家族の物語を虫の視点で描いた「変身」をはじめ、「掟の前で」「判決」「アカデミーで報告する」までカフカの傑作四篇を、最新の〈史的批判版全集〉にもとづいた翻訳で贈る。

田舎医者／断食芸人／流刑地で

カフカ／丘沢《おかざわ》静也《しずや》◉訳

猛吹雪のなか往診先の患者とその家族とのやり取りを描く「田舎医者」、人気凋落の断食芸を続ける男「断食芸人」など全8編。「歌姫ヨゼフィーネ、またはハツカネズミ族」も収録。

光文社古典新訳文庫　好評既刊

訴訟
カフカ／丘沢《おかざわ》静也《しずや》●訳

銀行員ヨーゼフ・Kは、ある朝、とつぜん逮捕される…。不条理、不安、絶望ということばで語られてきた深刻ぶった『審判』は、軽快で喜劇のにおいのする『訴訟』だった！

城
カフカ／丘沢《おかざわ》静也《しずや》●訳

城から依頼された仕事だったが、近づこうにもいっこうにたどり着けず、役所の対応に振りまわされる測量士Kは、果たして……。最新の史的批判版に基づく解像度の高い決定訳。

黄金の壺／マドモワゼル・ド・スキュデリ
ホフマン／大島《おおしま》かおり●訳

美しい蛇に恋した大学生を描いた「黄金の壺」、天才職人が作った宝石を持つ貴族が襲われる「マドモワゼル・ド・スキュデリ」ほか、鬼才ホフマンが破天荒な想像力を駆使する珠玉の四編！

トニオ・クレーガー
マン／浅井《あさい》晶子《しょうこ》●訳

ごく普通の幸福への憧れと、高踏的な芸術家の生き方のはざまで悩める青年トニオが抱く決意とは？　青春の書として愛される、ノーベル賞作家の自伝的小説。（解説・伊藤　白）

車輪の下で
ヘッセ／松永《まつなが》美穂《みほ》●訳

神学校に合格したハンスだが、挫折し、故郷で新たな人生を始める…。地方出身の優等生が、思春期の孤独と苦しみの果てに破滅へと至る姿を描いた自伝的物語。

ツァラトゥストラ（上・下）
ニーチェ／丘沢《おかざわ》静也《しずや》●訳

「人類への最大の贈り物」「ドイツ語で書かれた最も深い作品」とニーチェが自負する永遠の問題作。これまでのイメージをまったく覆す、軽やかでカジュアルな衝撃の新訳。

光文社古典新訳文庫　好評既刊

イタリア紀行（上）
ゲーテ／鈴木《すずき》芳子《よしこ》◉訳

公務を放り出し、憧れの地イタリアへ。旺盛な好奇心と鋭い観察眼で、美術や自然、人びとの生活について書き留めた。芸術家としての新たな生まれ変わりをもたらした旅の記録。

イタリア紀行（下）
ゲーテ／鈴木《すずき》芳子《よしこ》◉訳

古代遺跡探訪に美術鑑賞と絵画修業。鉱物採取と植物観察、そしてローマのカーニバル鑑賞。詩人らしい観察眼と探究心で見識を深めた二年間。芸術の神髄を求めた魂の記録。

毛皮を着たヴィーナス
ザッハー＝マゾッホ／許《きょ》光俊《みつとし》◉訳

青年ゼヴェリンは女王と奴隷の支配関係となることをヴァンダに求めるが、そのうちに彼女の嗜虐行為はエスカレートして……。「マゾヒズム」の語源となった著者の代表作。

若きウェルテルの悩み
ゲーテ／酒寄《さかより》進一《しんいち》◉訳

故郷を離れたウェルテルが恋をしたのは婚約者のいるロッテ。関わるほどに愛情とともに深まる絶望。その心の行き着く先は……。世界文学史に燦然と輝く文豪の出世作。

ネコのムル君の人生観（上）
ホフマン／鈴木《すずき》芳子《よしこ》◉訳

人のことばを理解し、読み書きを習得した雄ネコのムルが綴る自伝と、架空の音楽家クライスラーの伝記が交差する奇才ホフマンによる傑作長編。世界に冠たるネコ文学！

ネコのムル君の人生観（下）
ホフマン／鈴木《すずき》芳子《よしこ》◉訳

ネコ学生組合への加入、決闘、そして上流階級体験……。若々しさと瑞々しい知性、気負いがぶつかり合う修業時代から成熟期まで、血気盛んな若者としての成長が描かれる。